로크미디어가
유혹하는
재미있는 세상

악가의 무신 8

2023년 7월 17일 초판 1쇄 인쇄
2023년 7월 20일 초판 1쇄 발행

지은이 서준백
발행인 강준규

기획 이기헌 왕소현 임동관 박경무 강민구 조익현
책임편집 천기덕
마케팅지원 이원선

발행처 (주)로크미디어
출판등록 2003년 3월 24일
주소 서울시 마포구 마포대로 45 일진빌딩 6층
Tel (02)3273-5135 Fax (02)3273-5134
홈페이지 rokmedia.com E-mail rokmedia@empas.com

ⓒ 서준백, 2022

값 9,000원

ISBN 979-11-408-0649-2 (8권)
ISBN 979-11-408-0641-6 04810 (세트)

차례

수상결전

쿨럭!

백훈은 피를 토했다.

'닿지…… 못한 건가.'

장사성의 언월도와 맞닿은 검 사이로 눈을 치켜뜬 백훈은, 그제야 한쪽 무릎을 꿇은 채 주저앉아 있는 스스로의 모습을 자각했다.

깨달음의 길이 틀린 게 아니다.

새로운 검로는 옳았다.

그저…….

방금 일격을 받아 내긴 했지만, 다음을 받아 낼 만한 힘이 남아 있지 않을 뿐.

"크큭…… 그래도 네놈은 내게 막힌 거야."

백훈이 낮게 웃음을 흘리며 조소했다.

"발악치고는 나름 나쁘지 않았다, 애송아."

언월도 뒤에 서 있는 장사성의 귀기 섞인 백안에 차가운 노여움이 일었다.

쿠아아앙!

이어서 강하게 백훈의 검을 튕겨 낸 언월도.

장병기(長兵器)는 단병기에 비해 움직임이 느리다.

하지만 장사성의 언월도는 그런 차이 따위 존재하지 않는 것처럼 빠르고 사납게 내리찍혔다.

백훈은 눈을 똑바로 뜨며 도를 응시했다.

막기에 급급해 제대로 쫓지 못하던 언월도의 도영(刀影)이 이제는 확실히 보인다.

아쉽다.

'조금만 시간이 있었다면 쫓을 수 있었을 텐데…….'

그 순간.

타닥!

호몽이 둘 사이에 강하게 도약하며 끼어들었다.

"더는 나서지 말라."

화아악!

이미 호몽의 접근을 알았던 장사성의 좌수(左手)가 호몽의 도를 향해 장력을 뻗었다.

콰아아!

귀왕천장(鬼王遷掌)!

쿠쿵!

노도처럼 쏘아진 장력에 호몽의 도가 부러질 듯 꺾인 것도 모자라, 그 여파로 땅거죽까지 치솟아올랐다.

"크윽!"

호몽은 가까스로 잔발을 치며 물러나긴 했지만 그 반탄력으로 쇄도하던 속도 그대로 반대편으로 밀려났다.

호몽은 이를 악물었다.

아까운 목숨이건만!

이대로 그를 지켜 내지 못하면 그의 목숨을 지켜 달라 부탁한 악운을 볼 낯이 없다.

하지만 치솟은 땅거죽 사이로 비춰지는 언월도는 이미 백훈의 정수리를 쪼개고 있었다.

"으아아!"

호몽이 가슴이 터질 거 같은 무기력감을 담은 고함을 터트린 그때였다.

쏴아아!

그의 머리카락을 휘날릴 만큼 강한 바람이 불며, 쪼개지던 새하얀 뇌격(雷擊)이 허공을 가르고 장사성에게로 쇄도했다.

번쩍!

그 빛살은 장사성도 무시할 수 없었다.

콰짓!

백훈을 쪼개기 위해 내리꽂히던 언월도가 순간적으로 방향을 틀어 날아온 뇌격을 받아 냈다.

콰아아아아!

번쩍!

장사성의 백안에서 광망이 흘렀다.

'이 힘은?'

장사성은 뇌격을 가볍게 쳐 내려 했으나 한 번에 걷어 내지 못하고 연달아 다섯 발자국을 밀려나야 했다.

그러고서 확인한 뇌격의 정체.

그것은 바로 붉은 창이었다.

쐐애액!

심지어 장사성은 튕겨 나가는 창을 쫓아갈 여유도 가지지 못한 채로 다음 공격을 대비했다.

'내가 긴장을 했다?'

오랜 기간 동안 그를 긴장케 할 만큼 강한 상대는 아직 만나지 못했다.

그런데 단 일격만으로 멈칫한 것도 모자라 튕겨 낸 창을 쫓지 못한 것이다.

타닥-!

장사성이 멈칫한 찰나.

튕겨 나간 창을 그림자 하나가 다시 낚아채며 백훈 앞에 멈춰 섰다.

"그만하면 됐어."

털썩.

힘이 빠져 주저앉은 백훈이 낯익은 음성에 천천히 고개를 들었다.

"씨…… 왜 이제 오냐고."

이윽고 백훈의 입가에 희미한 미소가 감돌았다.

대해 같이 커다란 등과 태산 봉우리처럼 단단한 어깨만 봐도 앞을 가로 막은 사내가 누군지 눈치챌 수 있었던 것이다.

'악운.'

백훈은 그제야 안도의 한숨을 내쉬었다.

기다렸던 마지막 '희망'이 도착한 것이다.

"소가주."

"그래."

"문사 놈은 생사를 오가는 중이야."

"알아. 부각주 데리고 전장을 이탈해. 가주님도 도착하셨어."

"가주님?"

백훈이 깜짝 놀라 눈을 휘둥그레 떴다.

'가주님이 여기에 오셨다면…….'

백훈은 새삼 주변을 가득 메운 인파를 보았다.

백해채, 악운, 그리고 가주님이 이끌고 오셨을 악가의 가솔들까지!

수적들을 압도하고도 남을 전력이다.

씨익.

백훈의 미소가 점점 더 크게 벌어졌다.

"저 빌어먹을 놈, 목은 반드시 따 와."

악운이 걸음을 옮기며 대답했다.

"그러려고 왔어."

기다렸다는 듯 뒤쪽에서 호몽이 일갈을 터트렸다.

"우리의 형제! 악가의 소가주가 왔다! 수왕의 명예를 더럽히는 수적 놈들을 모조리 처단하라!"

와아아!

한풀 기세가 꺾였던 백해채의 기세가 삽시간에 전장 안을 휘감았다.

악운.

단 한 명의 존재가 모든 전황을 뒤바꾸고 있었다.

🦇

'말도 안 돼.'

하태청은 순식간에 전황이 기우는 것이 믿기지 않았다.

백해채가 나타나 부장들에게 합공을 당할 때도 전황 따위는 장사성에 의해 다시 바뀌리라 믿었다.

아니 호사량의 목만 베고 유유히 퇴각할 미래를 생각했건만!

'어찌 이런……!'

장사성은 악가의 소가주에게 발목이 묶였고, 천룡채의 수적은 빠른 속도로 궤멸되고 있었다.

다른 구역으로 이동한 부장들은 소식도 없었다.

'이미 승기가 기울었다. 물러나야 한다.'

하태청은 싸우는 것을 멈추고 물러나기로 마음먹었다.

"어딜 보느냐!"

정흥채가 일갈을 터트리며 다시 도를 뻗었다.

하태청이 어렵지 않게 검으로 도를 쳐 내고는 반격하는 대신 빙글 회전했다.

개인의 실력은 하태청이 압도했다.

하지만 그들이 구사하는 연환 합공은 하태청이 감당하기에 힘들었다.

정흥채가 하태청의 의도를 눈치챘다.

"놈이 물러나려 한다! 놈의 퇴로를 막아라!"

태상 채주 호접이 창안한…….

'수학협진(水鶴峽陣)!'

홀수로 이뤄진 이 진법은 양옆의 진영이 협곡처럼 상대를 옭아맨다.

그다음 상대와 마주한 진영이 물길을 가르는 학처럼 강하게 전진하는 진형이었다.

얼핏 사면초가에 이른 듯한 형세.

그러나 하태청은 만만한 인물이 아니었다.

'오냐! 그리할 줄 알았다!'

물러나는 척했던 하태청은 자신을 쫓으려 전진해 온 정흥채의 균형을 흩트리며 검을 찔러 넣었다.

'퇴로가 모두 막혀 있다면 퇴로를 만드는 수밖에!'

하태청은 정흥채의 도를 튕겨 내며 그 반탄력으로 세 명의 압박을 벗어났다.

"놈을 쫓아라!"

정흥채가 다급히 도를 바꿨지만 이미 하태청은 전속력으로 다른 수적들 사이로 몸을 날린 뒤였다.

동시에 다른 부장들이 뒤쫓으려는 정흥채에게 외쳤다.

"정 부장! 우선 대열을 정비하고 대의를 보세!"

"그것이 낫겠습니다, 정 형!"

뒤를 쫓는 대신 확실하게 승기를 잡는 편이 낫다는 다른 부장들의 조언에 정흥채는 어쩔 수 없이 움직임을 멈추고 도만 움켜쥐었다.

"제길! 다음번에는 반드시 목을 걸어 가 주마."

정흥채는 마주했던 하태청의 얼굴을 마음속 깊이 되새겼다.

순식간에 전세가 역전됐다.

전장을 지배했던 장사성이 악운 한 명으로 발이 묶이자, 백해채의 기습으로도 흔들림 없던 천룡채 진영이 혼란에 휩싸였다.

그럼에도 장사성은 악운을 떨쳐 내지 못했다.

두 사람의 격돌이 닿는 범위엔 수적도, 악가의 가솔들도…… 아무도 다가오지 못했다.

단 두 사람의 기세만이 전부였다.

퍼퍼퍼펑!

악운은 전광석화였다.

창이 회수되는 듯하면 어느새 전진해 왔다.

모두를 압도했던 귀왕진천도였으나 악운의 창을 상대하면서는 제대로 힘을 쓰지 못했다.

콰드득!

장사성은 이를 악물었다.

'놈이 나보다 더 높은 곳을 보고 있다는 말인가?'

악운과 부딪치는 순간 장사성은 언월도를 통해 체감했다.

부딪쳐오는 악운의 창에는 그저 하나의 초식만이 담겨 있는 것이 아니었다.

일격의 창에 수많은 초식과 묘리가 깃들었다.

유(柔), 강(强), 환(幻), 쾌(快) 등.

수많은 묘리가 한데 어울려서 다음, 그다음으로 끊임없이 이어지는 건 둘째 치더라도……

놈의 매 일격은 초식이 아니라 수많은 초식을 한 번에 담아낸 무공 그 자체였다.

'초식을 뛰어넘은 그 이상에 이르고 있다는 말이냐?'

당혹스러운 것도 잠시 장사성은 도 끝에 흘려 내던 귀기(鬼氣)의 응집이 약화되어 가는 것을 느꼈다.

'어찌……?'

동시에 그의 언월도의 일부가 파각, 소리를 내며 깨졌다.

구아아앙!

강력한 기의 돌풍과 함께 뒤로 밀려난 장사성은 믿기지 않는 표정으로 악운을 노려봤다.

악운 역시 잠시 창격을 멈췄다.

"왜 네놈에게서 혈교의 냄새가 나는 거지?"

악운의 눈빛에 청염이 스쳤다.

놈에게서는 마기(魔氣)가 흘렀다.

역천을 꾀하는 마공은 특유의 마기가 존재했는데, 그 시작은 늘 혈교였다.

아라륙보권(牙拏戮潽拳)과는 비교도 되지 않는 무공이며, 동시에……

'천휘성의 기억에도 없는 무공이야.'

그때였다.

계속 굳어 있던 장사성의 입가의 희미한 미소가 스쳤다.

"혀를 내두르기 전에 네놈은 나를 더 몰아붙였어야 했다."

"지금도 늦지 않……."

악운이 막 말을 잇던 그때였다.

장사성이 입에 뿔피리를 입에 댔다.

부우우웅!

동시에 장사성이 허리께에 메달아 뒀던 새카만 호리병을 땅바닥에 내리치듯 깨트렸다.

콰짓!

호리병이 허공에 비산하며 보랏빛 독무(毒霧)가 악운 앞을 가득 메웠다.

장사성만 깨트린 게 아니었다.

장사성 주변에 포진되어 있던 수적 중 일부가 일제히 호리병을 깨트렸다.

독무의 양은 순식간에 커져 버렸고 곳곳에서 콜록거리는 소리가 났다.

바람이 분다면 도심 안쪽까지 독이 퍼져 갈 것이다.

'이런.'

독기에 물들어서 악운이 주춤거린 것이 아니었다.

악운이 주춤거린 건 항구에 남아 있는 가솔들과 백해채 사람들의 안위 때문이었다.

"커헉!"

"콜록……. 끄악!"

벌써 픽픽 쓰러지는 이들이 생기기 시작한 찰나.

장사성의 마지막 광소가 터져 나왔다.

"승전보를 울렸다고 착각했겠지. 하나 이제 이 제녕 땅에 살아 있는 것은 모두 죽을 것이다. 네놈의 오만 때문에. 이번 빚은 내 반드시 갚아 주마."

장사성은 독무로 혼란해진 틈을 타고 물러난 것이다.

역시나 이미 놈의 기척은 빠른 속도로 강변으로 향하고 있었다.

배를 타고 본거지로 가려는 것일 터.

하지만 악운은 그를 쫓기보다는 조용히 독무 안에서 기운을 집중했다.

'대부분 감당하기 힘든 독일 거다.'

놈들이 가진 독이 어떤 성분으로 된 독인지는 알 길이 없었다.

그러나 놈들이 퇴각할 것을 대비해 제작한 독이라면……

결코 허투루 제작한 독은 아닐 터.

'전부 흡수해야 해.'

악운은 늘 그랬듯 일계 안에 도반천록공을 일으켰다.

순식간에 섬섬옥수가 된 악운의 양손으로 '팽와'가 일었다.

콰지지짓!

그러자 악운의 주변부터 빠른 속도로 독이 하나의 경계처럼 몰려들기 시작했다.

그 바람은 점점 거미줄처럼 사방에 이어져 갔고 범위를 확장해 나갔다.

악운의 전신 핏줄이 빠른 속도로 불거졌고, 어마어마한 양의 극독은 휘몰아치듯 몸 안에 흡수됐다.

'강력해.'

한낱 시중에서 쉬이 볼 수 있는 독이 아니다.

정확이 어떤 종류의 독인지는 알 수 없으나, 기존에 흡수한 독기(毒氣)에 맞설 만큼 강력했다.

이만한 극독을 제작하려면 혈교라 할지라도 쉽게 구할 수 없었으리라.

어쩌면 오늘······

'장사성은 결코 쓰지 않고 싶었던 패를 쓸 만큼 위기의식을 느낀 것인가? 만약 그렇다면······.'

악운의 입가에 희미한 미소가 감돌았다.

놈은 자신을 스스로 궁지에 내몬 것이나 다름없다.

콰지짓!

그러나 악운의 상념은 계속 이어지지 못했다.

밀려드는 독기에 더 큰 집중력이 필요했다.

심장이 쿵쾅거리고 화경에 이른 악운마저 의식이 아찔해

질 만큼 강렬한 독기였던 것이다.

독기의 반작용으로 인해 피와 섞인 붉은 땀이 흐르기 시작했지만 악운의 표정은 조금의 흔들림도 없었다.

되레 악운의 입가에 사나운 미소가 감돌았다.

'반드시 넘어서 주마.'

악운에게 있어 이 거대하고 강렬한 독기는 두려움 따위가 아니었다.

적이 남긴 저주의 독이 아닌, 만독화인의 세 번째 단계에 가까워질 또 다른 계기일 뿐이었다.

❀

호몽은 눈을 부릅떴다.

'믿기지 않는군. 대체 지금 뭘 하려는 거지?'

독기에 휩싸이기 직전, 호몽은 온 사방에 퍼졌던 독기가 소가주를 중심으로 소용돌이치며 빨려들어 가는 광경을 보고 있었다.

분명 보았다.

악운이 모든 독을 자기 주변으로 끌어들이고 있는 것을…….

그건 자세히는 알 수 없었으나, 거대한 희생이었다.

'위험해. 이대로라면 소가주가!'

호몽이 당혹스러운 표정으로 독의 소용돌이를 노려보던 그때였다.

"호 대협."

지친 기색의 백훈이 그의 어깨를 붙잡았다.

"소가주가 위험하오!"

"아닙니다."

"그게 무슨!"

백훈은 이미 일전에 악운의 경이로운 신위를 이미 경험한 적이 있기에 확실히 말할 수 있었다.

악운은 늘 그랬듯 넘어설 것이다.

"소가주는 강합니다. 걱정보단 믿음을 가지는 게 낫습니다. 그러니 지금 우리가 해야 하는 건…… 믿고 기다리는 겁니다. 애석하게도 우리에게는 때때로 소가주라는 기적이 필요하니까."

그러면서도 백훈은 악운이 있는 방향을 걱정스러운 눈으로 바라봤다.

'악운, 믿어도 되겠지?'

혹시나 하는 두려움이 이는 건 백훈 역시 어쩔 수 없었다.

꿰

그건 극독(極毒)이었다.

상성이 맞는 오행의 독을 찾아 일백에 달하는 독을 조합했다.

수많은 약탈, 암상들과의 거래 등을 통해 받은 독도 포함됐다.

아는 독만 해도 황금 전갈이라 불리는 대막금갈자(大漠金蠍子)의 독부터, 붉고 강한 독을 가진 독각혈사(獨角血蛇)의 희귀한 독까지 포함되어 있었다.

이름하여.

천지멸화독(天地滅化毒)

이 독을 살포했을 때 벌어질 일에 대해 나누었던 대화가 문득 장사성의 머릿속에 스쳐 지나갔다.

ㅡ기존에 내가 가져온 독에 채주가 모아 주신 독까지 섞어 극독을 제작하였으니 이 독이 쓰인 곳이라면 마을은 물론 중소 규모 도시라도 산 사람이 없을 것이며, 일성도 무너질 것이오! 하하!

ㅡ내게 그리 귀한 제조법으로 제작한 극독을 아무 대가도 없이 온전히 내 것으로 넘겨주는 연유가 무엇이오?

ㅡ채주의 안위와 건강 그리고 확실한 퇴로를 위한 패를 넘겨주는 것은 내게도 최고의 패가 되기 때문이라오. 하하!

ㅡ무엇을 위한 최고의 패란 말이오?

ㅡ하하, 사소한 일에 신경 쓰지 마시오. 개인의 영달이야

말로 최고의 덕목 아니겠소이까?

그의 말은 틀리지 않았다.

납치해 온 노예들을 가둬 두고 극소량의 독을 살포해 보니 눈 깜짝할 새 전신에서 피를 쏟아 내며 죽었다.

강력한 독이다.

그런데……

'저것이 어찌 된 일이지?'

배를 타고 항구를 벗어난 장사성은, 악운을 중심으로 퍼지지 않고 몰려 있는 독무(毒霧)를 발견했다.

심지어 그 독무들은 조금씩 악운에게 흡수되며 항구에서 사라져 가고 있었다.

일 성(一城)을 무너트릴 강력한 독이 퍼지지 못하고 악운에게 휘말리고 있었던 것이다.

"채주님."

같은 배에 올라선 하태청의 부름에 침묵하던 장사성이 입을 뗐다.

"보이나? 놈이…… 독을 막고 있네."

하태청 역시 아무 말도 하지 못하고, 믿기지 않는 광경을 응시했다.

'말도 안 되는 일이 있나.'

이런 기사(奇事)는 들어 본 적도 없었다.

저 정도로 광범위하게 퍼진 극독을 단숨에 끌어당기는 데다, 흡수까지 한다고?

하태청은 말문을 그대로 잃어버렸다.

"나는 두려움과 경외를 받으며 이 물길을 다녔네. 그런데 처음으로 내가 저놈의 저 믿기지 않는 힘에 놀라고 있네. 소문이 되레 놈의 실력을 깎아내린 것이었어."

"……."

"어찌하여 우경전장이 놈의 부재를 이용하라 했는지 알 거 같군. 놈은 강하네. 천지멸화독을 쓰고도 놈을 무너트리지 못할 만큼."

장사성은 의외로 패배를 담담하게 받아들이고 있었다.

마치 아직 다 끝나지 않았다는 듯.

"얼마나 잃었지?"

"생존자들의 증언을 토대로 따져 보면 부채주 광복, 부채주 타곤 전부 사망한 것으로 보입니다."

"천룡오부 중 둘을 잃었군."

"예."

"그리고?"

"화응채, 성휘채, 은린채 등 도합 사백 명 사상자와 실종자가 나왔습니다. 배에 합류하지 못한 인원까지 합하면 총 육백에 가까운 수하를 잃었습니다."

단 한 번의 일전으로 전력의 대부분을 잃은 것이다.

최근 악가 놈들에게 습격당한 피해까지 고려하면 이제 천룡채의 명운을 걸어야 할 때였다.

"우경전장이 움직이지 않았을 가능성은?"

"없습니다. 우경전장이야말로 악가를 무너트리고 싶어 하는 자들입니다. 그들은 분명 우리가 시간을 끄는 동안 만익전장을 습격했을 것입니다."

"실패했을 걸세."

"어찌 그리 확신하시는지요. 이미 습격이 성공한 후에 소가주가 나타났다면 놈들 역시 피해가 막심할 것입니다."

"내가 당도하자마자 놈들을 일사불란하게 모든 이동 통로를 막았네. 변수를 대비하지 않았다면 불가능한 운용이지. 어쩌면 놈들은 악운이 오기 전까지 버티려고 했는지도 모르겠군."

"운에 기댔단 말씀이십니까?"

"모르겠나? 천운이 따라야 일가(一家)를 이루는 법이네. 이번에는 내 천운이 놈들보다 모자란 게지."

돌아서는 장사성의 눈에는 이제껏 담겨 있지 않았던 원한 섞인 노기가 일렁이고 있었다.

"하나 다음에는 다르다. 배도 없는 자들이니, 싸움을 할 전장과 시기도 모두 내가 정할 수 있지. 다음에는 반드시 오늘의 일을 되갚을 것이야."

이제 제녕은 장사성이 반드시 함락시켜야 할 성(城)이 되었으며, 악운은 그가 반드시 넘어서야 할 적이 됐다.

그 전에 놈이 저 극독에 녹아 버리는 것이 제일 최고의 상황이겠지만.

'엄청난 독이야.'

독을 흡수하기 전까지는 만독화인의 과정을 겪어 내며 쌓아 온 독으로 충분히 소화가 가능하리라 생각했다.

그런데 시간이 갈수록 점점 흡수되는 독의 기세가 강해졌다.

화아아악!

상성이 맞는 각 독과 독이 연결되어 단단히 뭉쳐 있는 이 극독은 흡수하기가 꽤나 까다로웠다.

게다가 단순히 독기(毒氣)만이 문제가 아니었다.

독기 안에 탁한 영기(靈氣), 즉 마기(魔氣)로 가득했다.

일반적인 연단술이 아니다.

역천의 연단술로 이뤄진 것이어야 이런 게 가능했다.

'역시…… 혈교였나.'

마혼단(魔魂丹), 마언고(魔言蠱) 등등을 이뤄 낼 만큼 놈들의 연단술은 경이로운 수준에 이르러 있었다.

특히 극독에 강한 마기를 보태면 독기(毒氣)의 범위 확장,

전염도 등이 증대할 뿐 아니라 내공을 가진 무인도 체외 바깥으로 독을 밀어내기 쉽지 않다.

지금처럼.

쿠쿠쿠쿠.

거대하게 밀려오는 천지멸화독의 독들은 악운의 일계(一界)로 몰려오는 해일과 같았다.

하지만 악운은 거센 독기의 충격에도 단단한 벽처럼 버텨 냈다.

상생하는 각 심법의 기운이 일계 안에서 일제히 도반천록 공이 무너지지 않게 보조한 것이다.

동시에 도반천록공이 더욱 기세를 높였다.

츠츠츠츳.

도반천록공의 기운은 전보다 훨씬 강인해져 있었다.

일계의 완성, 팽와와 괴밀의 수련, 황제십경의 선천진기 습득…… 마지막으로 한빙수룡환갑(寒氷水龍環鉀)까지!

일계 안에 자리 잡은 도반천록공이라는 독룡(毒龍)이 수많은 기운들의 보탬을 받아, 밀려오는 천지멸화독을 아귀처럼 삼켜 갔다.

우우우웅!

그러나 악운은 본능적으로 알았다.

'모자라.'

지금의 독룡으로는 천지멸화독을 온전히 삼켜 낼 수 없었다.

더 크고, 더 독하고, 더 견고한 그릇이 필요했다.

광망을 일으키며 번쩍 뜬 악운의 두 눈이 청염과 흑염으로 뒤섞였다.

'더 나아가야 한다.'

온몸을 뒤틀기 시작한 이 거대한 고통을 넘어서려면 만독화인의 세 번째 단계에 이르러야 했다.

단숨에 정할 문제는 아니었다.

당양희, 그녀조차 그 마지막 단계를 넘어서지 못하고 폐인이 되었으니까.

그러나……

'시간이 없어. 해내야만 한다.'

악운은 눈을 반개하고 그녀와 나눴던 공부와 수많은 대담을 떠올렸다.

그녀는 늘 그랬다.

　─독은 수단이에요. 하지만 독인(毒人)이 된다는 건 독을 영혼으로 다룬다는 뜻이에요. 괴밀이 그런 경우죠.

　─그리 말하니 도통 독인의 그다음 경지는 가늠조차 되지 않는구려. 독을 언제든 제 의지로 다룰 수 있게 됐는데, 그 다음 경지는 대체 무엇이란 말이오?

　─활독(活毒).

-활……독?

-최후의 경지예요. 말씀드렸지요? 독을 영혼으로 다루게 된다고. 의지가 상대를 해하고 싶지 않다면 활독에 이른 독은 그 어떤 사물도 중독시키지 않아요.

-실패하면?

-실패라……. 그게 중요할까요?

단순히 의지로 독을 통제하는 것이 아니라, 독과 영(靈)이 합일되어 독이 곧 자신의 의지가 되는 만독화인의 완성.

통제할 수 없는 독을 마주한 지금이야말로 그 경지에 오를 수 있는지 시험해 볼 수 있는 최고의 기회였다.

서서히 온몸의 고통이 심화되어 갔다.

독룡(毒龍)이 힘을 잃어 한계에 이른 것이다.

만독화인의 새로운 단계로 독룡이 더 강한 독룡으로 변화할 수 있게 만들어야 했다.

악운은 그녀의 마지막 반문을 떠올리며 일그러진 웃음을 지었다.

-해야 한다면…… 기어코 하실 분이잖아요.

그녀가 옳았다.

'아들.'

어째서 갑자기 운이의 얼굴이 떠올랐는지 모르겠다.

걱정 때문일까?

악정호는 애써 악운에 대한 걱정을 떨쳐 내며 땅을 박찼다.

양경의 절체절명의 순간.

퍼퍼퍼펑!

한결 힘이 빠진 벽송자의 검을 튕겨 낸 악정호는, 쉬이 일어나지 못하는 양경을 힐끗 내려다봤다.

"어르신, 그러게 합공하는 것이 낫다고 말씀드렸잖습니까."

"어이, 가주."

"예."

"잔소리는 질색이니 입 좀 닫지 그러나? 천휘성 그놈 같이 굴지 말고."

양경이 검을 짚고 일어나려 애썼다.

하지만 계속 팔만 부들부들 떨릴 뿐 그는 일어나지 못했다.

악정호가 그의 상태를 살피며 대답했다.

"일가를 본격적으로 책임지게 되며 새삼 그분이 존경스러워졌으니 칭찬으로 듣겠습니다."

"끄응! 어쩐지……. 아들놈이나 아비나 재수가 없더라니."

악정호는 꼬장꼬장한 양경의 태도에 상황과 어울리지 않게 피식 웃음이 났다.

처음에는 양경에 대한 긍정적인 평가를 의심했다.

하지만 홍련, 그 아이를 직접 가르치고 있는 것만 봐도 양경은 정이 많았다.

언젠가부터 양경이 가문에 머무는 것이 든든하게 느껴질 정도였으니…….

이제 마음 한편에서는 그를 가문의 일원으로 받아들인 것 같았다.

그래서 더욱더 두고 볼 수 없었다.

"나서지 말라고 했잖나."

"못 일어나고 계시잖습니까. 이미 상처도 크십니다."

악정호의 눈에 비친 양경의 상태는 썩 좋지 못했다.

허리에 그어진 상처는 점점 더 벌어져서 입고 있는 장포마저 붉게 물들어 있었다.

더 싸웠다가는 그의 목숨이 위험할 게 뻔했다.

"이것보다 더 지독한 싸움도 견뎌 낸 노부이거늘, 썩 꺼졌으면 좋겠는데?"

"송구하지만 가주로서 못 보겠습니다. 마음에 안 드시면 추후에 호전되시고 나서, 제 목을 베러 오십시오."

"못할 것 같나?"

"예."

"난 가솔도 아니야!"

악정호는 대답하지 않고 똑같이 만신창이인 벽송자에게로 걸어갔다.

벽송자 역시도 도망칠 생각은 하지도 못하고, 호흡을 고르는 중이었다.

등 뒤에서 또 한 번 양경의 외침이 들려왔다.

"아니라니까!"

악정호는 장내가 떠나가도록 외쳤다.

"제 가문에 들어와 계신 이상 가솔인지 아닌지 결정하는 건 가주입니다. 저는 어르신을 제 가솔로 인정했습니다!"

씩씩거리며 악정호의 등을 노려보던 양경이 헛웃음을 지었다.

"빌어먹을, 무슨 개 짖는 소리인지……."

그러나 벽송자와 충돌하는 악정호를 보며, 양경의 입가에 잔잔한 미소가 흘렀다.

"기왕 할 거면…… 밟아 버리든지."

악정호라면 지친 저놈을 상대하기에 충분하다.

귀찮게 찾아오는 통에 몇 수 알려 준 게 제대로 귓전에 먹혀들었다면.

'빌어먹을!'

벽송자는 입 밖으로 말도 안 나올 만큼 기력이 떨어져 있었다. 양경과의 혈전에 대부분의 힘을 소진한 것이다.

악정호가 언제 합공으로 기습해 올지 몰라 계속 경계했던 것 또한 그를 지치게 만든 데에 크게 한몫했다.

벽송자는 분노에 수염을 파르르 떨었다.

'다 왔거늘.'

악정호 저놈이 끼어들지만 않았더라도 양경의 목은 지금쯤 바닥을 구르고 있으리라.

하나 놈은 결국 이 싸움에 끼어들었다.

벽송자가 사력을 다해 도호성을 터트렸다.

"구천응원뇌성보화천존! 네놈을 내 성난 벼락으로 반드시 지옥에 처넣어 주마."

이미 양경과의 싸움에서 선천진기를 사용한 검초까지 쓴 마당이었다.

남은 건 동귀어진뿐이었다.

'오래 끌 순 없으니 이번 검초에 저놈의 목을 가져가야 한다!'

벽송자의 이글거리는 눈동자가 악정호를 향한 순간, 이미 벽송자의 신형은 악정호의 심장을 향하고 있었다.

번쩍!

혼신을 다한 비류천보(飛流天步)가 그의 발끝에 실려 잔영을 일으킬 만큼 매서운 속도를 일으키고, 극한의 쾌검이 그 탄력을 삼아 뻗혔다.

사전절광검(射電絕光劍).

대공전격(大空電擊).

마치 뇌전 같은 강기가 악정호의 전신으로 쏟아진 건 불과 '찰나'였다. 동시에 악정호는 다가오는 검과의 시간이 문득 멀게 느껴졌다.

화경에 이른 자와의 싸움은 이번이 처음이 아니다.

황보정이라는 산을 이미 겪었다.

'그럼 그때와 지금은?'

확연히 다르다.

그간 수련을 단 하루도 게을리 하지 않았다.

전해진 소식을 통해 여러 차례 운이가 겪은 위기들을 들으며…… 가주로서, 아비로서 더 단단해져야 한다고 생각했으니까.

악정호는 양경과 나눴던 수련의 기억을 되새기며, 다가오는 검을 향해 창을 뻗었다.

—어이, 가주.

—예, 어르신.

-창 끝에서 천휘성의 냄새가 나는 건 둘째 치고, 대체
왜 그리 아둔하게 움직이는 게지?

　-어찌하여…… 그런 말씀을 하십니까?

　-다음으로 넘어갈 무공의 요체를 이해한 것 같긴 하
나…… 그러면 뭐 하나! 어설프게 따라할 게 아니라 스스로
의 도(道)에 맞게 체득해야지!

'내 창로에 맞게 체득한다.'

　아버지의 그림자를 지우고 새로운 창역(槍域)을 터득할 때
이미 깨달았던 사실이다.

　그간 잊고 있던 기본적인 이치를 다시 되새긴 순간, 악정
호는 악운이 남긴 창법이 새롭게 보였다.

　그리고 깨달았다.

　더 넓은 천하로 나아갈 새로운 힘.

　'구홍(九紅)'

　그 순간 벽송자의 검이 일으킨 벼락을 선명한 아홉 개의
창격(槍擊)이 일제히 쪼개 갔다.

　선명한 창강이었다.

　혈교가 물러간 후 청성은 바뀌었다.

먼저 문파를 이끌며 도율을 숭상하는 천사계(天師系)의 제자들이 대부분 죽었다.

그 자리를 도율보다 존속이 우선이라는 장생계(張生系)의 도사들이 채웠다.

벽송자는 그런 장생계 내에서도 오랜 시간 핵심 권력을 쥔 인물이었다.

그의 죽음이 청성뿐 아니라 강호에 커다란 파문을 일으킬 것은 당연했다.

"저질렀군, 결국."

악정호의 곁으로 다가온 양경이 말했다.

"예."

악정호는 호흡을 다스리며 뇌공을 거둬들였다.

이미 그의 앞에는 벽송자의 상체가 갈가리 찢긴 채 쓰러져 있었다.

청성의 장로 중 가장 강하다는 자를 쓰러트린 것이다.

양경은 화경에 이른 것에 축하 인사를 건네지는 않았다.

대신 벽송자와 악정호를 번갈아 보며 말했다.

"원래는 내가 죽기 직전까지 패 놓은 놈이라 약하기는 했지만, 그래도 제법이긴 하군."

악정호는 양경의 진심(?)에 피식 웃고는 조용히 쓰러져 있는 벽송자를 내려다보았다.

"문파대전을 선포했고, 청성 제자들의 죽음이 즐비하니

이제 청성은 우리 가문을 두고만 보지는 않을 것입니다."

"쓸데없는 걱정을 하는군. 이미 결정을 내린 이상, 뒤를 돌아보는 건 겁쟁이들이나 하는 짓이지. 아 본래 겁쟁이라서 어쩔 수 없나?"

위로를 하는 건지, 조롱을 하는 건지 종잡을 수 없는 양경의 말에 악정호는 다시금 뇌공을 고쳐 쥐었다.

"치료나 얼른 받으십시오."

"멀쩡한데, 뭘. 어디로 가려고?"

악정호가 양경을 지나치며 대답했다.

"아들 보러 갑니다."

꿈

후우우우.

입김을 뿜자 함께 흘러나온 독기(毒氣)가 아지랑이처럼 악운의 팔과 어깨를 지나 전신을 휘감았다.

이어서 다시 악운의 손바닥 위로 돌아온 가공할 독기는 묵룡(墨龍)이 똬리를 틀고 있는 형태로 머물렀다.

당양희의 목소리가 귓전에 들리듯 기억이 스쳐 갔다.

─활독을 증명하는 것은 무엇이오?
─글쎄요. 그저 짐작만 할 뿐 확실한 건 아니지만…… 어

떤 형태로든 독과 영혼이 연결되어 있다는 증거가 드러나
겠지요.

'이것이 그 증거인가?'

악운은 손바닥 안에서 조용히 그를 응시하고 있는 묵룡을
마주 봤다.

손바닥만 한 묵룡은 곧 악운이 독과 연결되어 일으킨 의지
의 형태.

도반천록공을 기반으로 국화독장이 완성된 것이다.

그렇게 단숨에 만독화인이 완성된 악운은 이를 통해 다양
한 발전이 이뤄졌음을 느꼈다.

'놀라워.'

우선 파장력(波長力)이 또 한 번 진일보하여 닿는 범위가 넓
어졌다.

악운은 하늘과 땅은 물론 물속까지, 어디든 전보다 더 깊
은 곳까지 느낄 수 있었다.

다음으로 일계가 성장했다.

혼세양천공이 독 안에 자리 잡은 마기(魔氣)를 정화시키고,
흡수하기를 반복하며 중재력이 한층 더 강해졌다.

한빙수룡환갑(寒氷水龍環鉀)에 담긴 기운도 그 과정에서 일
부 혼세양천공에 흡수됐다.

내공 증진과 해룡포린공과 도반천록공, 황제십경의 성장

은 당연한 결과였다.

하지만 가장 경이로운 건 역시나…….

'국화독장, 활독의 장.'

악운이 일으킨 독의 대상은 악운의 의지가 향한 곳이 아니면, 결코 그 어떤 것도 중독시키지 않게 됐다.

마기 섞인 독을 짓누르는 파사(破邪)의 힘까지 생겼다.

이제……

'태양진경의 다음 장을 열어도 되겠어.'

현재 태양진경의 조각은 미완성이다.

사부와 담소를 나눴던 천휘성의 기억이 오랜 세월을 지나 악운의 머릿속에 다시 되새겨져 갔다.

－우백호가 깨어나 충만한 힘을 내고 있다면 산세의 균형을 잡아 줘야 하는 것이 순리겠지?

－예.

－그럼 뭘 해야겠어?

－우백호에 견줄 만한 힘을 깨워야 한다고 봅니다.

－그래, 그것들을 태양성인들께서는 좌청룡이라 부르셨다. 이 강한 힘들을 아우르며 조화롭게 하는 성채가 북현무. 북현무를 보좌하며 자리잡은 안산(案山)이 남주작이지. 네 방위가 완성되는 것이 비로소 혈(穴)이 완성되는 것이며 태양진경을 이해했다 할 수 있는 것이지.

'좌청룡, 북현무, 남주작 그리고 혈(六)의 편까지……. 이제 네 개의 장만 남은 셈이야. 현경으로 향할 좋은 계기가 되겠지.'

무아지경에 잠겨 있던 악운의 옆으로 조심스런 목소리가 들렸다.

"소가주, 괜……찮으십니까?"

악운은 천천히 고개를 돌려 다가온 사람을 쳐다봤다.

한 사람이 아니었다.

질문을 던진 건 유준이었지만, 독을 흡수함으로써 악운이 지킨 항구의 모든 사람들이 악운을 살피고 있었다.

호몽과 백해채의 사람들, 유준과 악가뇌혼대 등.

수많은 사람들이 악운을 걱정스런 눈으로 지켜보고 있었다.

새삼 따뜻했고 확실히 느꼈다.

'내가 지키려는 것은 결국 그들의 터전과 삶……. 그런 그들의 일부가 되는 것이 내가 원하는 평안.'

악운은 그들을 향해 환하게 웃었다.

"예, 괜찮습니다."

그 대답이 떨어진 순간, 긴장된 기색으로 지켜보고 있던 수많은 사람들이 환호성을 터트렸다.

와아아아!

힘겹게 얻어 낸 승전이었다.

얼싸안고 기뻐하던 가솔들은 이내 백해채의 수적들과도
인사를 나우었다.

그 한가운데에 악운과 유준, 호몽이 모였다.

악가뇌혼대는 없었다.

악운의 하명으로 부상당한 호사량을 치료하기 위해 이동
한 것이다.

직접 치료할 수도 있었지만 그럴 여유가 없었다.

"대체 어떻게 된 것입니까? 합류하실 때 대강 설명은 들었
습니다만. 백해채라면 혹여……."

뭔가 아는 듯한 유준의 표정에 악운 대신 호몽이 대답했
다.

"우린 수왕의 유지를 잇는 수채요. 본래 장강수로채의 중
심을 이끌던 수채였소. 수왕의 충신이셨던 내 아버지, 호접
부채주께서 백해채의 전대 채주이셨소."

"아……!"

유준은 이제야 악운이 말했던 것이 무엇이었는지 새삼 깨
달을 수 있었다.

　　─부족한 뱃사람들의 충원이겠지요. 그건 제가 맡도록
　하겠습니다

'소가주가 데려온 뱃사람들이 수왕의 유지를 잇는 호접의 수채라고? 그냥 일반적인 뱃사람들이 아니잖아!'

유준은 암상이고, 한때 수많은 물길을 다녔다.

당연하게도 수왕의 이름과 오래전 장강수로채의 전설을 이룬 자의 명성도 기억하고 있었다.

수왕의 총군사이며, 장강결전을 승리로 이끈 핵심 인사였던…….

'방천기창(放千驥槍), 호접.'

수왕의 길을 이끄는 선봉대라고 하여 붙여진 그 별호는 유준 역시 기억할 만큼 대단한 인물이었다.

당시 수왕이 이끌던 수로채 연합은 수왕의 죽음 이후에 사분오열됐다고만 알았는데, 전설 속으로 사라졌던 그들이 다시 세상에 나타난 것이다.

아니, 단순히 그들이 제 발로 나타난 것이라면 이리 놀라진 않았을 것이었다.

'대체 소가주는…… 무슨 수를 쓴 거지?'

수왕의 장강혈전도, 죽음도 소가주가 태어나기 이전의 일이다.

그 어떤 인연도 닿지 않는 그들의 존재를, 어떻게 확신하고 이리 시기적절하게 데려올 수 있었는지…… 유준은 도통 이해하기가 힘들었다.

"이쪽은 만익전장의 총경리입니다. 본 가 재정의 중추라고 해도 과언이 아닙니다."

"오호, 굉장한 분이었구려. 나 역시 정식으로 통성명을 하겠소이다. 현 백해채의 채주, 호몽이오."

유준은 내심 진땀을 흘렸지만 침착함을 유지하려 애썼다.

상황을 타개할 수 있다는 희망에 기쁜 건 당연했지만, 놀란 건 사실이다.

"처음 뵙겠소. 만익전장의 총경리, 유준이라고 하오."

"오는 길에 소가주에게 말씀은 몇 번 들었소. 주요 인물들에 대해 알고 있어야 합류할 때 애먹지 않으니까."

"그러셨구려. 덕분에 살았소. 큰 은혜를 입은 셈이오."

"은혜라고 할 것까지는 없소. 우리는 우리의 은원 때문에 여기까지 온 것이오."

"은원이라면 어떤……?"

"우리는 수왕의 유지를 잇는 자들. 그분의 뜻이 사라진 지금의 수로와 장강은 혼란 그 자체라고 알고 있소. 인신매매를 금지했던 수왕의 뜻을 더럽힌 자들을 징벌하는 것 또한 우리의 몫이란 뜻이지."

"아아……."

한때 수왕이 다스리던 장강수로채는 관이 자행하던 약탈을 수로에서 대신 꾸짖었던 물 위의 사자였다.

그들의 위상이 변질되기 시작한 건 그의 아들들이 장강수로채의 권력 다툼을 시작할 때쯤이고, 장강혈전 이후에는 결국 어떤 규율도 없이 물길은 난잡한 혼란에 휩싸였다.

그러다 더 큰 혼란을 장사성이 몰고 왔으니…….

그제야 유준은 악운이 그들과 어떤 밀약을 맺고 이곳에 데려올 수 있었는지 가늠이 됐다.

'내게 그랬듯, 백해채 손님들의 마음속에 잠들어 있던 새로운 야망을 일깨워 준 것인가.'

유준은 혀를 내둘렀다.

악운은 평안이라는 거대한 꿈을 꾸고 그 안에는 자신이나 호몽과 같은 수많은 자들이 각자의 꿈을 꾼다.

그것은 결국 유기적으로 각자의 위치에 서게 하며 천하의 꿈이 된다.

악운은 또다시 그 위대한 걸음에 한 발짝 나아간 것이다.

"대화는 이쯤 하시고, 우선 전장을 정리하도록 하시지요. 수적들은 잠깐 동안 물러나기는 했지만, 아직 우경전장과 청성은 건재합니다. 신속히 움직여야 합니다."

"예."

"그럽시다."

유준과 호몽이 동시에 고개를 끄덕였다.

그 순간 악운이 너무나 그리워했던 한 사람이 인파 사이로 모습을 드러냈다.

"운아!"

서둘러 달려온 악정호는 악운을 보자마자 끌어안았다.

이미 오는 길에 조우해 얘기를 나누기는 했지만, 상황이 급박해 제대로 대화를 나눌 새도 없었던 것이다.

"어디 멀쩡한지 보자."

악정호는 악운의 양 볼을 감싸 쥐며 그의 전신을 구석구석 살폈다.

"아버지, 전 괜찮아요."

"그래, 널 믿기는 한다만, 아비도 눈으로 직접 마주하니 신경이 쓰이는 건 별수 없구나."

"알아요. 하지만 가솔들이 너무 많이 죽었습니다."

악정호의 표정이 굳어졌다.

"안다."

"그들의 희생이 헛되지 않기 위해서라도 다음 계획을 이어 가야 해요."

"그래, 그래야지."

고개를 끄덕인 악정호는 그제야 백해채의 호몽에게 인사를 건넸다.

"반갑소. 악가의 가주, 악정호요."

"가주님을 처음 뵈어 영광입니다. 백해채의 채주, 호몽이라 합니다."

"어느 정도 얘기는 들었소. 수왕께서 남기신 후인이시라고. 나야말로 영광이오."

악정호 역시 악운과 잠깐 조우했을 때 백해채에 관한 이야기를 접한 것이다.

　그렇게 간단한 통성명이 끝난 직후.

　악정호는 수많은 시신이 널브러진 항구 주변을 둘러보며 말했다.

　"무림맹을 재건하겠다는 뜻은 좋지만 쉬운 과정이 될 것 같지는 않아 보이는구나. 청성이 이토록 더러운 암습을 벌일 줄이야."

　"처음부터 쉬운 길이 아니라고 생각했습니다. 하지만 반드시 해내야 하는 일이라고 생각합니다. 저희를 돕는 분들도 많으니까요."

　"하긴…… 남궁세가과 개방 고수의 공조를 얻어 낸 것은 분명 천하가 뒤집어질 일이지. 참으로 잘했다. 그보다 앞으로 걱정이로구나. 아비는 청성과 문파대전을 하기로 결정했어."

　"저 역시 필요한 일이라 생각합니다. 다만…… 선행되어야 할 일이 있어요."

　악운은 수적들이 온 수로를 다시 돌아봤다.

　"이번 기회에 장사성의 목을 완벽히 쳐야 합니다."

　악운은 장사성과의 싸움을 떠올리며 가볍게 미간을 찌푸렸다.

　'놈에게서 마기(魔氣)가 느껴진 이상, 어쩌면 놈과 혈교가 관련이 있을 가능성을 지울 수 없다. 반드시 놈의 근거지를 소탕해야 한다.'

호몽이 동조했다.

"동의하는 바요. 비장의 한 수까지 가로막혔으니 놈들 역시 지금쯤 꽤나 당황하고 있을 것이오."

비장의 한 수라는 얘기에 악정호가 의아한 눈빛을 보였다.

"비장의 한 수? 그게 무엇이었소?"

유준이 방금 전 그 놀라운 광경을 떠올리며 나직이 대답했다.

"혹여 우리 가문의 무공에 독을 흡수하는 비공이 있었습니까?"

악정호는 잠시 할 말을 잃었다.

'독을 흡수해?'

이제 하다하다 독까지 흡수했다는 악운의 신위에 악정호는 아무 말 없이 빤히 악운을 쳐다봤다.

설명이 필요한 순간.

때마침 악운이 전음을 했다.

-그냥, 그렇다고 해 주시지요.

-왜?

-총경리에게는 태양무신의 진전을 이었다고 말한 적이 없으니 아마 크게 놀랄 겁니다. 아니면 왜 자기에게 말해 주지 않았느냐고 서운해할 수도…….

막 전음이 이어지던 그때였다.

멀뚱히 서 있던 호몽이 난데없이 끼어들었다.

"그보다는 태양무신의 비공 같은데, 아니오?"

유준의 눈이 번쩍 뜨였다.

"뭐……? 무엇이라 하셨소? 태양무신의 비공? 이건 또 무슨 소리입니까, 소가주?"

악운은 대답 대신 떨떠름한 눈빛으로 호몽을 쳐다봤다.

거, 생각보다 되게 눈치 없는 사람이네.

"으하하! 모르셨나 보오!"

호몽이 악운의 평가에 쐐기를 박았다.

⌖

"소가주, 문사 놈은 좀 어때?"

"촐싹대기는. 좀 잠자코 기다리세, 대주."

금벽산의 꾸짖음에 백훈이 신음을 흘리듯 입을 다물었다.

'내가 조금 더 강했더라면. 저 빌어먹을 놈이 저리 다치진 않았을 터인데.'

백훈은 이를 악물며 호사량의 치료에 집중하고 있는 악운의 등을 잠자코 바라보았다.

악운은 그 어떤 명의보다 뛰어나다.

믿어야 했다.

"자, 자, 대주. 나가서 우리도 치료받자고."

금벽산은 악운이 집중할 수 있게 방 안의 사람들을 이끌고 떠났다.

백훈도 발길이 떨어지지는 않았지만, 금벽산의 말대로 방을 빠져나갔다.

투투툭.

그사이에도 악운은 고인 피를 빼내고 전신 곳곳에 침을 꽂았다.

'다행히 단전은 다치지 않았지만 다른 곳들이 문제군.'

악운이 도착하기 전에 미리 제녕의 의원이 그의 상태를 살피며 임시로 치료해 주기는 했지만, 워낙 상태가 심각해 쉽게 깨어나지 못하는 중이었다.

'자칫 주화입마의 전조 증상이 올 수도 있어.'

극한의 내공 소모로 인해 제어력을 잃은 내공이 온몸의 기혈을 망가트렸다.

여기에 온몸이 난자되어 피를 흘려 양기가 위쪽에 밀리고, 그만큼 음기가 충만해진다.

양기가 사람의 상부에 단단히 뭉치면 광증(狂症)이 온다.

'내공부터 진정시키고, 그 다음에 혼세양천공으로 양기를 고르게 흐르게 하여 음기와 균형을 맞춘다. 그다음 내상, 외상은 회복을 북돋는 약들로 다스린다.'

순식간에 악운이 놓는 침이 호사량의 백회부터 용천혈까

지 줄지어 하나둘씩 꽂혀 갔다.

손속에는 거침이 없었지만, 침이 들어가는 순간 부드러이 내리누르는 힘은 명의라 해도 과언이 아니었다.

침이란 매개를 통해 혼세양천공을 밀어 넣는 기상천외한 침술이 악운을 통해 펼쳐지고 있었다.

"앞에 놓인 차나 좀 드시고…… 좀 쉬지 그러십니까."

백훈은 밤새도록 부상자를 돌본 악운과 방 안에서 잠깐의 담소를 나눴다.

악운이 걷어붙였던 소매를 내리며 웃었다.

"총경리는 쉬셨습니까? 제가 병자를 돌보는 동안 아버님과 호 채주와 앞으로의 일을 논의하느라 하루 종일 바쁘셨을 텐데요."

"하하, 별말씀을 다 하십니다. 응당 총경리가 해야 하는 책무입니다. 하지만 이건 본래 소가주가 아닌 의원이 해야 할 일이잖습니까?"

"총경리가 전투를 대비해 미리 제녕 부근의 의원들을 고용해 둔 덕에 빠르게 병자들을 치료할 수는 있었지만, 그래도 늘 손이 모자란 것이 의방입니다. 손을 하나라도 더 보태야지요."

"제가 어찌 소가주를 말리겠습니까. 하기야 여기 모인 의원들도 제법 인근에는 명의라 불리는 이들인데도, 소가주의 침술에 혀를 내둘렀다더군요. 몇몇 어린 의생들은 소가주께 한 수 배우고 싶다는 얘기도 들었지요."

"운이 좋았습니다."

"부각주가 안정을 찾은 건 운이 아닙니다. 소가주의 실력 입죠. 소가주가 제때 와 주셔서 다행입니다, 정말로. 솔직히 아찔했습니다."

악운은 조용히 고개를 끄덕였다.

모든 일들을 변수까지 고려해 대비했다지만, 자칫했다간 전장에 주둔하던 모든 일원이 전멸할 수도 있었던 차였다.

하지만.

"위기는 여기까지입니다."

"물론입니다. 이미 가주께서도 백해채의 호 채주와 협상 을 마치셨습니다."

"잘 끝났다니 다행입니다."

"제 생각으로는……."

유준의 입가에 희미한 미소가 스쳤다.

"강호가 놀랄 만큼 최고의 공조가 될 것입니다. 호 채주 역시 얕은 계산보다는 대의를 볼 줄 아는 선견지명을 가졌더 군요."

"그렇군요."

"협상 내용은 안 궁금하십니까?"

"예."

악운의 단순한 대답에 유준이 심드렁한 표정을 지었다.

"저를 깊게 신뢰하시는 것은 알지만, 그래도 진행되는 사안은 아셔야 하니 간단명료하게 큰 맥만 말씀드리죠."

"다음 환자를 돌봐야 하는데……."

"금방 끝납니다."

"흐음, 좋습니다."

어쩔 수 없이 자리를 뜨지 않은 악운에게 유준이 말을 이었다.

"우선 백해채의 채주는 일반적인 수적의 일들을 그만두기로 했습니다. 대신 상선(商船)과 건조를 전문적으로 하는 상단을 출범하기로 했지요. 그에 필요한 자금을 우리 전장에서 투자하기로 했죠. 제녕에 상단 부지를 제공해 줄 생각입니다."

"더 들을 것도 없겠군요."

"아직 안 끝났……."

"보나마나 배를 어찌 건조할지 상의하셨겠지요."

"예, 그렇긴 합지요."

"이미 제녕에 배를 건조하기 위한 재료가 준비된 마당입니다. 백해채가 보유하고 있는 장인들과 가문의 인력이 보태지면 선박 건조에 칠 주야도 걸리지 않을 겁니다. 물론 밤낮이 없어야겠지만."

악운의 입가에 만족스러운 미소가 스쳤다.

그간 악가의 모두가 고심하던 난제가 해결된 셈이다.

"예. 그게 제가 말씀드리려던 보고이긴 합지요. 하여튼 의외로 성격 급하십니다."

백훈이 고개를 설레설레 저었다.

"총경리."

"예."

"총경리께 전장…… 아니, 제녕을 맡긴 것은 제 의견만이 아니라 가문 전체의 의견과 안목이었습니다. 그런 분을 안 믿으면 누굴 믿겠습니까?"

"칭찬으로 때울 생각은 하지 마시지요. 과중한 업무 때문에 쓰러지기 일보 직전입니다."

"쓰러지면 침 좀 놓아 드리지요."

"조금, 섬뜩하기도 합니다. 쓰러지면 다시 일으켜 세우는 걸 반복하신다니……."

"알면 쓰러지지 마시지요."

악운이 마지막으로 환한 미소를 남기면서 자리를 떠났다.

이제 배의 건조가 끝나면…….

악가는 또 한 번 장사성의 본거지를 향해 진격하게 될 것이다.

"정 대인은?"

"여전히 꼬장꼬장합니다."

간수의 대답을 들은 유준은 뒷짐을 지고, 장원 지하의 작은 뇌옥으로 내려갔다.

벽면 곳곳에 걸린 횟불이 드리워진 석실의 한 편.

얼마 전까지 청수하던 인상의 노인은 온데간데없이, 꼬질꼬질해진 정현이 굳게 입술을 다문 채 벽에 기대고 있었다.

"정 대인, 이미 소란이 크게 일어 아실 테지만 청성파와 천룡채 놈들이 본 전장을 노리고 습격해 왔습니다. 어마어마한 숫자였지요. 진실을 조작하겠다는 야무진 꿈을 꿀 만했습니다."

정현이 어둠 속에서 형형히 눈을 떴다.

"나를 조롱하는 겐가?"

"희망을 가지지 말란 말씀을 드리는 게지요. 무엇보다 단전이 망가진 청성파 제자 한 명을 추궁하니, 본래 청성의 제자들은 정 대인을 제거하는 것이 목적이었다더군요."

정현이 대답 대신 피식 웃었다.

"제 말을 못 믿으시는 눈치군요."

"믿네."

의외의 대답에 유준의 눈에 이채가 흘렀다.

'이미 예상하고 있었다?'

유준은 순간 당황했지만 짧게도 침묵하지 않았다.

침묵은 곧 당황을 드러내는 것일 뿐.

늙은 여우 앞에서는 자연스럽게 행동해야 했다.

"암살 위협도 받으실 테니, 서둘러 몸을 감추는 게 낫지 않겠습니까? 이대로 옥에 갇혀 있는 것보다 은밀히 제녕을 빠져나가 자유의 몸이 되는 편이 훨씬 낫습죠."

"무슨 제안을 하고 싶은 건진 모르겠지만, 내게 많은 것을 얻어 가진 못할 걸세."

"그렇습니까?"

"누군가 내게 그러더군. 내 나이쯤 되고 나면 욕심을 줄이고 몸을 낮추고 후학을 키워야 한다고. 그런데 오경회에 모인 이들은 그런 사람들이 아닐세. 수많은 피를 봐 가며 이 자리에 오른 이들이다. 죽기 전까지 야망을 위해서라면 피를 볼 사람들이지. 그런 우리가 목숨 하나 걸 각오가 없는 줄 알았나?"

"야망을 위해 언제든 목숨을 바칠 수 있다는 것인지요?"

정현이 철창을 으스러지도록 잡으며 웃었다.

"자존심이 상했다는 말일세. 만근의 돈을 움직이던 내가 이깟 뇌옥에 갇혀 네놈과 시답잖은 농담이나 주고받아야 한다는 사실이 말이다! 네놈들은 오경회를 건드리지 말았어야 했다! 더는 우리에게 이권은 중요하지 않아."

"……."

"수단과 방법을 가리지 않고 네놈들의 시체를 밟고 일어설 것이다. 그것이 현 시간부로 오경회의 존속 이유가 될 것이야!"

유준은 철창 사이로 그를 조용히 쳐다봤다.

정현의 눈은 그 어느 때보다 강렬한 탐욕으로 일렁이고 있었다.

새삼 알겠다.

천하를 향한 그들의 야망이 얼마나 뜨거운지.

"한편으로는 기쁘기까지 합니다. 나 역시 새로운 야망을 꿈꾸는 자. 나는 당신들이 누리던 모든 것들을 가문과 함께 집어삼킬 겁니다. 그러려고 시작한 사업입지요."

마음을 진정시킨 정현이 다시 매무새를 고치며 차분히 대답했다.

"쉽지는 않을 게야."

"글쎄요. 이미 댁들도 느끼고 있지 않습니까? 그대들이 촘촘히 만들어 온 권위에 균열이 시작됐음을. 그러니 더욱 사납게 본 가를 노리는 것이겠지만."

"계속 혼자 지껄일 거라면 그만 가게. 잠 좀 청해야겠군."

"그러실 필요 없습니다."

"그게 무슨 말이지?"

유준은 조용히 뇌옥의 문을 열었다.

끼익—!

갑작스런 유준의 선택에 정현의 표정이 작게 흔들렸다.

유준의 눈이 호선을 그렸다.

"뭘 그리 놀라십니까? 애초부터 정 대인을 붙잡아 둘 생각은 크게 없었습죠. 변수를 통제하고, 대비할 시간을 끌기 위해 억지로 붙잡아 둔 것이었지만 위기를 기회로 바꾼 이상더는 여기에 붙잡아 둘 필요는 없지요."

"……."

"이미 오래 전에 정 대인의 상단에는 연통을 취해 놨으니 성대하게 귀환식을 열어 드릴 겁니다. 되도록 보는 눈이 많게."

정현은 유준의 선택이 가져올 여파가 눈에 훤히 보였다.

유준은 산동악가가 정현을 해치지 않고 풀어 줬다는 것을 알릴 것이고, 동시에 우경전장과 수적의 관계를 세간에 말할게 분명했다.

'그럼 산동악가를 공적으로 세우기엔 명분이 부족해지겠지. 본 전장 역시 소문을 잠재우고 청성의 노여움을 상대하느라 당분간 수적을 지원할 여유는 없어질 것이야…….'

정현의 눈빛이 깊게 가라앉았다.

'나아가 오경회 내에 나에 대한 의심이 생겨나겠지. 산동악가와 모종의 거래를 해서 풀려난 건 아닌지 지켜보게 될테니…….'

생각이 거기까지 미친 정현은 갑자기 웃음을 터트렸다.

"으하하하! 아주, 영리한 놈이로구나!"

"이제 아셨는지요?"

흡족한 유준의 미소에 정현의 눈이, 순간 광기로 번뜩였다.

"쉽진 않을 것이다."

기다렸다는 듯 정현은 혀를 깨물기 위해 입을 꽉 다물었다.

이대로 유준의 뜻대로 흘러가기 전에 여기서 시신이 되는 편이 나았다.

그의 자존심이 결코 허락하지 않는 일이었다.

그 순간.

쌔액!

어디선가 날아온 빛살 같은 지풍이 순식간에 정현의 아혈을 짚었다.

퍽!

혀를 깨물려던 정현의 턱이 자물쇠가 잠긴 것처럼 동작을 멈췄다.

"으으으으!"

정현은 그것도 모자라 자신의 양손으로 눈을 찌르려고 했다.

하지만 뒤이어 날아든 여러 개의 지풍이 정현의 몸 구석구석을 점혈했다.

지풍으로 점혈법을 구사한다는 건 초상승의 기예였다.

완벽한 기의 운용으로 세밀한 조종이 가능하단 뜻이었으니까.

몸이 목석처럼 뻣뻣해진 정현은 핏발 선 눈으로 다가오는 그림자를 노려봤다.

'대체 어떤 놈이……!'

얼마 지나지 않아 천천히 모습을 드러낸 건 다름 아닌 악운이었다.

상황을 미리 예견한 유준이 악운을 청한 것이다.

"저희 소가주님은 처음 뵈시지요?"

유준은 파르르 떠는 정현을 내려다보며 씨익 웃었다.

"정 대인의 상단은 이미 소환한 지 오래이니 얼마 지나지 않아 당도하게 될 겁니다. 그때까지 몸 성히, 아주 몸 성히 살아 계십시오."

정현은 그 말을 끝으로 나란히 돌아서는 유준과 악운을 노려보며 피눈물을 흘렸다.

그의 남아 있던 마지막 자존심까지 짓밟힌 것이다.

❧

뇌옥 밖으로 걸어 나가며 유준이 물었다.

"방금 그건 어떻게 하신 겁니까? 쓸 만해 보이던데요."

"노력하면 누구든 해낼 수 있습니다."

"……."

유준은 잠시 걸음을 멈춰 세우고 악운을 빤히 쳐다봤다.

"왜요?"

악운의 반문에 유준이 눈을 가늘게 뜨며 대답했다.

"소가주, 방금 그 발언은 너무하셨습니다. 쉽다니요? 어디 가서 그런 말씀을 하시면 안 됩니다. 아셨지요?"

"사실인데도 그래야 합니까?"

"예, 설령 사실이어도 잘난 척하는 것처럼 보입니다. 아니, 애초부터 잘난 척하신 게 맞는 거 같은데요."

"……."

"잘난 척하지 마십시오."

"아무 말도 안했습니다만……."

악운이 나직이 대답하긴 했지만 유준의 눈초리는 이미 확신에 차 보였다.

❧

"……모두 의견을 내 보게."

장사성이 한데 모인 부채주들을 응시했다.

천룡오부라 불리는 이들 중에 살아남은 건 단 세 사람.

하지만 그들의 죽음만이 전부가 아니었다.

장사성이 꺾였다는 소식은 그의 휘하 수적들의 사기를 짓누르기에 충분했다.

부채주 중, 쌍회화검(雙回火劍) 도정명이 말했다.

"크흠, 놈들은 저희 섬의 위치를 모릅니다. 배의 건조가 크게 진행되었다고 한들 목적도 없이 물길을 오가기는 힘들 테지요. 당분간은 다시 전열을 재정비하여 놈들에게 타격을 주어야 합니다."

근엄한 표정을 짓고 있던 수천구도(水川九刀) 홍조가 말했다.

"어떻게 말이요? 수백이 죽은 데다가 놈들에게 백해채 놈들이 가세했소. 그런데 우린 두 명의 부채주가 죽었소이다. 하물며 놈들은 우리와 연결되어 있던 지상의 상륙 지점을 모조리 파악하고 있소. 본거지도 이미 포로들을 심문해 파악했을 가능성이 높소이다."

팔짱을 끼고 우두커니 있던 장사성이 침묵하는 하태청을 응시했다.

"어찌 생각하나."

"다른 부채주들 모두 일리 있는 말입니다. 하나 놈들도 많은 수의 가솔을 일전의 격전으로 잃었습니다."

"전면전을 치르자는 뜻인가?"

"예, 백해채가 가세했다고는 하나, 우리 역시 외부에 있던 휘하 수적들을 모두 불러들였지 않습니까? 병력상으로는 우위입니다. 섬 역시…… 외부의 공격에 충분히 대비되어 있습니다. 해볼 만하다고 봅니다. 다만 문제는 전황을 급변시킬 고수의 숫자입니다."

"그래서?"

장사성의 반문에 하태청이 수염을 쓸어내리며 대답했다.

"저희가 현저히 뒤쳐집니다."

도정명이 발끈하여 소리쳤다.

"어찌 채주 앞에서 그런 말을 한단 말이오!"

장사성이 날카롭게 눈을 빛내며 그를 제지했다.

"괜찮으니 들어도 되겠지."

"하오나 채주님……."

"계속하지."

장사성의 허락하에 하태청이 계속 말을 이었다.

"다른 곳과 협력하는 것이 최선의 방법입니다. 병력은 우위에 있으니 산동의 고수들을 억압할 다른 세력의 고수들이 필요한 셈이지요. 제게 비책이 있습니다."

장사성이 눈을 가늘게 떴다.

"비책이라……. 설마, 그가 왔는가?"

"예, 그분이 곧 당도하신다고 인편이 왔습니다."

하태청의 말에 모든 부채주들의 눈에 이채가 흘렀다.

그는 장사성이 세력을 일으키는 데에 큰 도움을 준 인물이었으며, 나아가 천지멸화독을 건네준 뒤 모습을 감춘 기인이었다.

하지만 아무도 그의 정체를 알지 못했다.

그를 처음 만났던 장사성조차도.

그때였다.

드륵─!

갑작스럽게 문이 열리더니, 방갓을 쓴 한 사내가 모습을 드러냈다.

문이 열릴 때까지 아무도 그의 기척을 느끼지 못한 것이다.

"하하, 다들 오랜만이외다."

밝은 호남형의 인상을 가진 반백의 중년인은 쓰고 있던 방갓을 벗고는 장사성과 멀리 떨어진 자리에 앉았다.

장사성의 입가에도 희미한 미소가 감돌았다.

"늘 그렇듯 갑자기 찾아오는구려. 비은(匕隱)."

비은은 장사성이 유일하게 알고 있는 그의 이름이다.

당연히 가명일 것이 분명했지만, 둘 사이에서는 크게 중요한 문제가 아니었다.

"전이나 지금이나 늙지를 않는구려. 머리도, 얼굴도."

"다 채주님 덕분이오."

빙긋 웃은 비은은 좌중을 보더니 미소 지었다.

"문제가 있다고 들어 이리 찾아왔소. 패퇴하셨다고?"

"맞소."

장사성은 부정하지 않았다.

평생 패배 한 번 모르고 살아오지 않았다.

수많은 패배를 겪었고, 고통을 이겨 냈다.

패전했다고 해서 삶이 끝난 것도, 완벽히 무너진 것도 아니었다.

다시 기회를 잡아 갚으면 될 일이다.

"도움을 줄 만한 고수들이 있었으면 좋겠소만."

비은의 입가에 지어진 미소가 점점 짙어져갔다.

"그것이 내가 찾아온 이유요. 늘 그랬잖소. 채주가 원하는 것이 있으면 그것을 찾아다 채워 주는 것이 내 역할이었으니. 아니오?"

"……얼마나 준비된 것이오?"

"충분할 만큼 데려왔소. 나 역시 산동악가를 썩 좋아하진 않아서 말이오."

비은의 눈빛에 잠시였지만 살의가 맺혔다.

〜〜〜

호사량이 눈을 떴다.

눈이 부시게 비치는 햇살을 맞으며 전장의 상황을 상기해 냈다.

사력을 다해 죽으면서도 필사적으로 함께 싸워 가던 가솔들.

'내가 조금 더 강했더라면…….'

한 사람이라도 더 살릴 수 있었을 것이다.

하지만 호사량은 그 생각에 오래 머물지 않았다.

현실적으로 모두가 원하는 대의를 이룬다는 건 아픈 일이
다.

아프지 않고 성장할 수 있다면 좋겠지만, 그 피해를 최소
화하는 것이 군사의 역할이다.

아픈 만큼 무엇이 부족했는지를 생각하는 편이 나았다.

'내 실력. 그리고 대비.'

수적이 몰려올 것을 조금 더 빨리 예상했다면 많은 것이
바뀌었을지도 모른다.

보다 빨리 민초들을 대피시켰을 테고 훨씬 가벼운 마음으
로 수적들과 싸웠을 것이다.

앞으로는 더 많은 걸 고려해야 했다.

"후우……."

생각을 정리하며 호흡을 다스리던 호사량에게 손님이 찾
아왔다.

덜컹.

백훈이 물병을 들고 들어온 것이다.

"어, 깼냐?"

호사량이 갈라진 목소리로 대답했다.

"그래."

"소가주 말이 맞네. 슬슬 깨어날 때가 됐다던데."

백훈이 침대 맡에 익숙하게 물병과 수건을 놓자, 호사량은 따로 시비가 없는 것을 보고 물었다.

"그간 네가 간호한 것이냐."

"종종 했지."

"……."

"왜, 고마워서 눈물이 다 나냐."

"오랜만에 일 좀 했나 보군."

호사량은 고마운 마음과 다르게 퉁명스럽게 말했다.

그냥 그렇게 나왔다.

백훈도 크게 개의치 않고 피식 웃었다.

"입이 살은 걸 보니 이제 좀 살 만한가 보네. 애를 먹였으면 이제 슬슬 일어나야지?"

"그래, 일어나야지."

호사량은 고개를 끄덕인 후 상체를 일으키려고 했다.

하지만 상체를 일으키려고 하자 몸 구석구석에서 통증이 전해졌다.

하지만 못 일어날 정도는 아니었다.

"큭……."

짧은 신음과 함께 몸을 반쯤 침상에 기대고 앉은 호사량이 다시 백훈을 쳐다봤다.

"얼마나 지났지?"

"칠 주야 가까이 되어 가."

호사량의 눈에 이채가 흘렀다.

스스로의 몸 상태는 분명 최악이었다.

그럼에도 칠 주야 만에 의식을 차리고 눈을 뜬 건…… 아니, 무사히 살아서 누워 있었다는 건 명의를 거쳤다는 것 말고는 설명할 길이 없었다.

그가 아는 한 그만한 명의는 소가주밖에 없었다.

"생각보다 빨리 깨어났군. 혹시 소가주가 나를 치료했더냐."

"그래, 너뿐 아니라 모든 가솔에게 아끼지 않고 의술을 펼치고, 치료에 필요한 약재와 환약을 쏟아부어 댔지."

"또 한 번 소가주에게 빚을 진 셈인가……."

"쯧쯧!"

혀를 차는 백훈을 호사량이 기분 나쁜 표정으로 쳐다봤다.

"누워 있다고 까불지 마라."

"누가 누구한테 할 소리인지……. 빚을 지긴 뭘 져? 소가주가 퍽이나 그 소리를 듣고 좋아하겠다. 게다가 너는 목숨까지 걸고 그놈을 막아섰어. 넌 네가 할 수 있는 일을 다 한 거다."

호사량은 내심 백훈의 말에 힘이 되었다.

"안 어울리게 위로는……."

"위로 아니다. 사실을 말하는 거지. 그놈 실제로도 강했잖아."

그 말에 호사량의 머릿속에 장사성의 무위가 스쳐 지나갔다.

'그래. 확실히 놈은 강했어.'

무시무시한 언월도에 베이던 찰나, 두려움이란 감정이 들었었던 게 사실이다.

동시에 새삼 느꼈다.

이것이 '화경'의 경지에 든 고수구나.

그래서 항상 이런 자들과 창을 맞대며 가문을 위해 싸워 온 악운의 존재가 대단하게 느껴졌다.

'얼마나 두려웠을까?'

악운에게 더 이상 나이의 한계 따위를 내밀 수는 없지만, 그래도 약관도 되지 않은 건 사실이다.

그런 나이에 악운은 동요하는 모습 없이 늘 차분했다.

이쯤 되니 이런 생각이 자연히 든다.

'제왕지기를 타고난다는 것이 이런 것인가.'

그 생각에 잠겨 있던 찰나, 백훈이 말을 이었다.

"기절한 이후로 무슨 일이 있었는지 궁금하기는 하냐?"

"내가 살아 있으니 소가주가 제때 도착한 것이겠지."

"눈치는 멀쩡하네. 그럼 네 눈이 궁금한 건 네가 병상에 누운 후의 일일 테지."

"그래, 정현과 장사성은 어찌 됐지?"

"우선 정현 그자는 뇌옥에서 풀어 줬어."

"풀어 줬다고?"

"그래, 총경리가 결정을 내렸지."

백훈은 총경리가 정현을 내보내고자 했던 이유에 대해 간략하게 설명했다.

그 설명을 들은 호사량의 눈이 날카롭게 번뜩였다.

"과연 좋은 한 수군. 총경리다워. 그래서 그자는 자기 상단으로 떠난 거냐?"

"마중 나온 세력이 있어서 꽁꽁 묶어 돌려보냈지. 당장이라도 자결하겠다고 길길이 날뛰어 대서 말이야."

"자존심이 크게 상했겠어."

"자존심뿐이겠냐? 이제부터는 오경회에서 제대로 활동도 못하게 될 거야. 오경회 역시도 청성에 이 일에 대해 논하고, 알력을 정리하느라 바쁘겠지."

"그럼 청성은 그냥 좌시하지만은 않을 거야. 말도 안 되는 명분을 만들어서라도 우리와 문파대전을 하려 들 거다."

"이미 가주님께서도 그에 대한 복안으로 현 소저를 건 분타주께 보냈어. 건 분타주께서 이 일을 각 파에 알리는 역할을 해 주실 거야."

"하긴, 그럼 청성은 쉬이 움직이지 못하겠지. 다른 문파에게 공적으로 몰릴 수도……."

"아니, 그걸 알리고자 현 소저를 보낸 것이 아니야."

"그럼?"

"가주께서는 청성과 일전을 마음먹으셨다. 그래서 각 파에 문파대전을 치를 것이라고 알리신 거야."

"맙소사…… 그럼 수적은?"

"이 소식이 알려지기까지는 시간이 오래 걸려. 우린 그사이에 수적을 소탕할 생각이고."

"속도전인가."

"맞아. 현재 장사성의 세력도 우리의 반격으로 출혈이 컸어. 오죽하면 퇴각하면서 항구에 독까지 터트리고 갔겠어? 놈들도 급했던 거지."

호사량의 눈썹이 꿈틀거렸다.

"독이라고? 그게 무슨 소리더냐!"

"죽진 않았어. 살아 보겠다고 극독을 항구에 터트리고 도망쳤거든. 그 독무를 소가주가 전부 흡수해 버렸지만 말이야."

"독무를 흡수해? 소가주가 독공을 익힌 적이 있나?"

"뭐, 비슷한 건가 봐. 태양무신의 유산 중의 일부라나? 물론 소가주는 무사해."

"이젠 헛웃음도 안 나오는군. 독공마저 익혔다니."

"나도 그래. 하지만 사실인 걸 어쩌겠어. 그러려니 해야지. 아무튼 소가주 덕분에 모두 무사히 그 위기를 넘길 수 있었고, 전장을 수습한 후 백해채의 채주와 거래를 했어."

"백해채라면…… 그 때 우리를 돕기 위해 나타났던 호 대인이로군."

"맞아. 그 사람이 이끄는 백해채가 가문의 투자를 받아 상선과 건조를 위주로 하는 상단을 창설하기로 결정했어."

"그럼…… 배의 건조가 시작된 건가?"

"맞아. 유 선생의 숙원 사업이 본격적으로 진행된 거지. 백해채 사람들과 가솔들의 지원으로 벌써 수십 척의 배가 완성 직전에 있어. 심지어 인원을 많이 태울 수 있는 범선이야. 놈들 것보다 커."

"그걸 칠 주야 만에 이뤄 냈다고?"

"그래. 대단한 사람들이야. 밤낮 가리지 않고 모든 걸 쏟아부었어. 배의 건조를 지켜보니 새삼 수왕의 장강수로채가 과거에 왜 그렇게 강했었는지 알겠던데?"

"엄청나군."

호사량은 진심으로 감탄했다.

악운이 데려온 백해채는 정말 굉장했다.

대체 어디서 그런 사람들을 찾아온 것인지……

혀를 내두르는 호사량에게 백훈이 다시 입을 열었다.

"해서 조만간 출정하게 될 거야. 가주님을 비롯한 우리들은 이번 일로 장사성을 밀어내고 모든 상단이 자유롭게 이동할 수 있는 교역로를 만들길 원해. 그리되면 산동, 안휘, 강서, 절강까지 운하로 다시 이어지게 될 거야."

씨익 웃는 백훈의 눈에는 미래에 대한 강렬한 의지가 엿보였다.

호사량 역시 가슴이 뜨거워졌다.

'놈들은 우리가 사정복을 통해 본거지를 알아냈단 사실을 아직 확신하지 못하고 있을 거다.'

이제 반격이다.

❧

그날 밤, 악운은 배들이 정박되어 있는 항구로 나섰다.

"오셨습니까?"

악운은 등 뒤에서 느껴지는 기척에 천천히 고개를 돌렸다.

한동안 정말 바쁘게 움직이던 유준이었다.

"예. 부각주가 다행히 깨어났다는 소식을 들었습니다. 만나 보셨습니까?"

악운이 고개를 끄덕였다.

"낮에 잠깐 들러 보고 왔습니다. 조금 더 요양하면 이제 완쾌하게 될 겁니다. 천운이지요."

"하하, 저도 그리 생각하고 있었습죠. 그보다 제게 하실 말씀이 있으시다 들었습니다."

"일전에 항구에서 독을 마주하다 떠오른 것이 하나 있습니다."

"무엇인지요?"

"아무래도……."

악운의 눈이 날카롭게 빛났다.

"계획을 좀 바꿔야 할 것 같습니다."

드러나는 흑막

끼익—!

문이 열리고 악가휘명대의 대주 백홍휴가 들어섰다.

"가주님, 출정식이 모두 준비됐습니다."

조용히 눈을 감고 앉아 있던 악정호가 천천히 눈을 떴다.

"그래, 곧 나감세."

"예."

백홍휴는 짧게 고개를 숙인 후 방을 벗어났다.

악정호 역시 자리에서 일어났다.

무복 위로 철컹이는 소리가 났다.

'든든하군.'

악운과 가솔들의 천거로 인해 철명루의 수장을 맡게 된 태은희는 정말 놀라운 재주를 지닌 인물이었다.

부서졌던 울루갑을 복원한 것도 모자라 가진 재료로 갑옷 일부를 강화시키까지 했다.

창을 휘두르기 편하도록 어깨 부위를 유연하게 바꿔 준 것이다.

스륵.

악정호는 울루갑 위에 장포를 걸쳤다.

전장에 나갈 때면 늘 붉은 장포와 뇌공 그리고 뇌공의 탈을 쓰시던 부친이 생각났다.

−아버님, 탈을 쓰면 전장에서 거추장스럽지는 않습니까?

−뇌공을 떠올리며 제작한 탈은 상징적 의미기도 하다. 내가 전장에 왔음을 알리고, 아군의 사기를 높이면서 동시에 적에게 낯선 두려움을 주지.

"아버님, 오늘의 싸움을 보우하소서."

이윽고, 눈이 세 개에 새의 부리를 가진 붉은 탈을 쓴 악정호가 방을 벗어났다.

⟡

장내는 고요했다.

누구 하나 농담을 주고받지 않았다.

하나같이 비장한 표정이었다.

아니, 다들 분노하고 있었다.

적당한 분노는 몸의 긴장을 주고 힘을 극대화시킨다.

악정호 역시 피어오르는 분노를 갈무리하며 단상에 올랐다.

백해채도 함께하니 장내에 모인 인원만 해도 천여 명을 넘었다.

산동상회의 호병(護兵)과 만익전장의 엽보원, 동호단, 악가상천대, 악가휘명대 그리고 각 부처의 수장들이 선봉에 자리를 잡고 있었다.

악정호가 무겁게 입을 뗐다.

"일전의 전투로 정확히 백오십여 명의 가솔이 죽었다. 하지만 슬퍼할 새도 없이 다음 전투를 준비하기 위해 그들의 장례를 반나절 안에 치러야 했다. 어째서 그래야만 했는가?"

백해채의 누군가가 소리쳤다.

"강을 더럽힌 수적 놈들을 한 놈도 남김없이 죽일 것입니다."

이어서 가솔들의 외침도 터져 나왔다.

"제 형제를 죽인 자들을 모조리 벨 것입니다!"

"숙부의 목숨을 놈들이 앗아 갔습니다!"

들려오는 수많은 이들의 이야기 속에 악정호가 다시 입을 열었다.

"맞다. 그들 때문이다. 누구도 아닌 그들이 우리의 가족과 터전을 흔들었다. 하지만 뿌리째 뽑지 않으면 달라지지 않을 것이다. 또다시 일전의 일이 반복될 것이다. 그러니…… 나는 전진할 것이다. 함께하겠는가!"

기세가 오른 호몽이 좌중이 모두 들리도록 쩌렁쩌렁하게 외쳤다.

"백해채는 산동악가의 가주님과 명운을 함께하겠습니다!"

쿵, 쿵, 쿵!

그에 호응하듯 백해채가 발을 굴렀다.

와아아!

각 부처의 가솔들 역시 함성을 터트리며 병장기를 치켜 올렸다.

"가자! 나, 악정호가 선봉에 설 것이다!"

악정호가 뇌공을 고쳐 쥐었다.

◇◇◇

짙은 운무(雲霧)가 깔린 운명섬에는 수십 척에 달하는 범선이 빠른 속도로 출항 준비를 하고 있었다.

섬 멀리까지 확인하고 있던 정찰선이 야음을 틈타 정체불명의 배들이 빠른 속도로 다가오고 있다고 알린 것이다.

대장선에 올라선 장사성은 비은이 했던 이야기가 속속들이 스쳐 지나갔다.

　　-그자들은 백해채 소속의 뛰어난 사공들을 휘하에 두고 있소. 수상 전투 역시 쉽지는 않을 게요. 적당히 섬 주변에서 싸우다 놈들을 양명곡(兩命谷)으로 이끄시오. 패퇴하는 것처럼.
　　-그 후에는?
　　-우리가 절벽을 타고 매복해 있다가 놈들의 배 위로 습격할 것이오. 그때 호응하시오.
　　-소가주 놈이 변수요. 놈은 강하오.
　　-최근에 입수한 정보로는 놈이 병상에 누워 있다는 이야기를 들었소. 그 막강한 독을 어떤 기이한 방법으로 흡수했는지는 몰라도, 아마 병상에 누웠다면 머지않아 죽게 될 것이오. 놈들의 큰 무기 중 하나가 사라진 셈이지.

　　비은의 제안을 장사성은 고심할 필요도 없이 승낙했다.
　　비은이 데려온 대대(大隊)는 전황을 바꿀 만큼 강한 고수들로 구성되어 있었다.
　　'놈들도 예상하지 못할 터.'
　　전장에서 고려하지 못한 변수는 혼란으로 이어지기 마련이다.

장사성은 놈들의 혼란이 벌써부터 기대됐다.

"출항하라!"

그가 탄 대장선이 서서히 이동하기 시작했다.

～

"놈들의 배가 보이기 시작했습니다. 가주님. 아무래도 놈들이 저희의 기습을 눈치챈 듯싶습니다."

호몽의 보고에 악정호의 눈빛이 번뜩였다.

곁에 있던 유준이 말했다.

"우리가 본거지를 알아챘을 거라는 생각을 미리 해 두고, 대비한 모양입니다. 게다가 이 운무 안에서 싸운다면 저희에게는 불리한 싸움이 될 것입니다. 놈들에게 이 주변의 환경은 이미 익숙할 터인데……."

듣고 있던 호몽이 웃음을 터트렸다.

"껄껄! 그건 걱정 마시오. 이미 그에 따른 대비는 진작 해뒀으니까."

호몽의 말이 끝나기 무섭게 주변의 운무가 빠른 속도로 흩어졌다.

"본래 섬을 가리기 위한 환영진은 주변 환경을 중심으로 펼쳐지오. 우리 백해채 역시 이것과 흡사한 환영진을 사용하기에 파훼법 역시 잘 알고 있소. 그래서 따로 배 두 척을 활용해 환영진을 해체하기 위한 별동대를 이동시켰소. 머지않아 안개가 깔끔히 걷힐 것이오. 섬 주변으로 순환하는 바람을 막는 혈(穴)의 위치만 파악하면 쉬운 문제이니."

얼마 지나지 않아 물길이 훤히 드러나고, 다른 배에서 푸른 깃발을 흔드는 것이 명확하게 보였다.

"됐습니다, 가주님."

"고맙소."

씨익 웃으며 고개를 끄덕인 악정호는 기다리고 있던 기수들에게 외쳤다.

"계속 나아가라! 이제부터는 멈추지 않고, 수상전을 시작할 것이다! 호 채주, 지휘권을 맡으시오."

호몽이 기다렸다는 듯 굳게 다물린 입술을 열었다.

"예! 돛을 펼치고 계속 전진하라! 바람이 우리를 돕고 있다!"

수십 척의 범선이 섬 주변에 포진되어 있는 수많은 배들을 향해 빠른 속도로 나아갔다.

강의 운명을 둔 충돌이었다.

꽃

비은은 양명곡에서 자신의 대대와 함께 장사성의 배가 오기를 기다리는 중이었다.

장사성의 배가 이 좁은 협로를 통해 악가의 배들을 몰고 오면 본격적인 백병전이 시작될 테고, 그때부터는 악가를 향한 학살이 벌어질 것이다.

그건 일종의 악가를 향한 보복이었다.

'감히 나의 계획을 방해해?'

비은의 정체는 혈교 흑마궁(黑魔宮)의 궁주, 철홍이었다.

그는 오랜 세월 정파 내에서 암약하며 교주가 완성될 '때'를 기다렸다.

교주만 돌아온다면 천휘성이 사라진 무림이라는 무주공산을 완벽히 주저앉힐 수 있었기 때문이다.

한데……

어느 순간부터 착착 진행되어 가던 수많은 일들 중 일부가 삐걱거렸다.

혼란으로 치닫던 산동성이 황보세가, 산동악가의 결속으로 빠르게 안정을 되찾아 갔고, 남궁세가는 다른 오대세가를 부추겨서 화홍단 사건을 들쑤시고 있었다.

분열과 의심으로 서로를 반복하던 정파 세력 중 일부가 다시 결속하려는 조짐이 보인 것이다.

그리고 그 시작이 어디서부터 비롯됐는지는 명확했다.

'산동악가.'

최근 산동악가의 행보는 그의 계획들을 전면 수정하게 만들 만큼 기습적이었다.

설상가상으로 이제는 앞으로 혈교의 주요 침공 길목이 될 수로의 수상 장악까지 나선 것이다.

'절대 아니 되지. 아니 되고말고.'

내심 고개를 내저은 철홍의 눈이 날카롭게 빛났다.

궁주의 권한으로 흑마궁 내의 흑명귀검대(黑鳴鬼劍隊)와 흑명당(黑明黨)을 이끌고 왔으니 오늘이야말로 악가는 또 한 번 무너질 터였다.

"궁주님."

흑명귀검대의 대주인 장표가 다가왔다.

"오냐."

"다가오는 배가 깃발을 흔들기 시작했습니다. 악가와 수상전이 본격적으로 시작된 듯합니다."

"때가 됐구나."

고개를 끄덕인 철홍은 이내 협곡 절벽에 일제히 매달린 채 매복하고 있는 흑마궁의 궁도들을 내려다보았다.

어서 오너라, 악가여.

* * *

"여긴가."

악운은 작은 소선(小船)에 의지해 저 멀리 양명곡을 바라보고 있었다.

현재 이곳은 수상전이 벌어지고 있는 섬과는 거리가 떨어져 있는 지점.

병상에 누워 있다고 허위 정보를 푼 다음 다른 수로(水路)를 통해 섬으로 접근한 것이다.

노를 젓고 있던 사내가 말했다.

"이 섬이 마지막입니다, 소가주."

그의 이름은 정홍채.

일전에 순평수양의 마지막 관문을 기다리고 있던 백해채의 부장이었다.

악운의 청으로 전투에서 제외되어 그의 길잡이 역할을 하고 있었던 것이다.

정홍채는 지난 오후의 일이 생각났다.

–길을 좀 안내해 주셨으면 좋겠습니다.

–길이요?

–예, 현재 저희가 성하표국에서 찾아낸 섬 주변의 지형도입니다. 이 지형도들 중에서 호 채주님과 호 부각주의 조언을 통해 매복을 할 만한 지점을 선별했습니다. 하지만 각 지점마다 유속이 천차만별이니 배를 잘 모는 분이 필요합니다.

문득 그 기억을 되새기던 정홍채는 노를 저으며 질문을 던졌다.

"저, 소가주."

뱃전에 있던 악운이 고개를 돌렸다.

"예."

"소가주는 저희 전력의 중심이라 부를 만한 분인데, 어찌하여 전장에서 이탈하여 매복 지점을 고려하시는지 모르겠습니다. 만약 매복이 예상되면 다른 척후조를 보내도 되었잖습니까?"

정홍채의 의문 섞인 질문에 악운의 눈빛이 깊게 가라앉았다.

"위험합니다."

"예?"

"만약 척후조가 살아 돌아오지 못한다면 다시 보고받지를 못합니다. 되레 중요한 기습 시기마저 놓치게 되지요. 그럴 바엔 홀로 움직이는 것이 편합니다."

"그렇다면 제가 홀로 가도……."

"솔직히 말씀드려도 되겠습니까? 무시하려는 것은 아니니 오해 마십시오."

"예, 편하게 말씀하셔도 됩니다."

"부장께서 가셔도 위험한 일일 확률이 높습니다. 고수의 숫자가 우리의 상상을 뛰어넘을 정도로 많을 가능성이 크니까요."

"설마…… 우리가 상대하는 것이 단순히 장사성의 천룡채만이 아니라는 것인지요?"

악운이 조용히 고개를 끄덕였다.

"혈교일 가능성이 높습니다."

"예? 혈교가 어째서……!"

악운은 깜짝 놀라는 그의 표정을 보고는 일전에 유준이 대경실색했던 전날이 생각났다.

유준의 반응도 정홍채와 같았다.

그 후 악운의 생각을 듣고, 계획 변경을 도와준 것이다.

정홍채가 믿기지 않는지 다시 물었다.

"정말 혈교가 장사성에게 합류할 거라는 말씀이십니까?"

"이미 합류해 있을 가능성이 높습니다. 그리고 그들은 우리 배를 몰아넣은 뒤 백병전을 치르는 쪽을 택할 겁니다."

악운이 그 생각을 떠올리게 된 건 과거의 경험 때문이었다.

수왕을 만나기 전 혈교의 전략으로 대패한 적이 종종 있었다.

그중에는 수전(水戰)도 당연히 존재했다.

그때 느낀 건 놈들이 수전을 통한 원거리 공방전보다는 백병전의 환경을 즐긴다는 거였다.

놈들은 상대의 감정을 유린하는 데 도가 튼 자들이기에 적을 다양한 방법으로 꾀어내 유리한 환경을 구축한다.

그래서 이번 전투 역시 그 부분을 고려했다.

'놈들이 써 준 독이 오히려 배후에 혈교가 있는 건 아닌지 의심하게 해 줬어.'

만약 장사성이 마기가 담긴 독을 사용하지 않았더라면 악운은 결코 혈교라는 변수를 고려하지 못했을 것이다.

그러나.

장사성은 분명 혈교의 마기를 가진 독을 풀었다.

그런 제조조차 힘든 독을 보유했다는 것은 놈들과 굉장히 긴밀한 관계라는 걸 의미했다.

아니, 오히려 대총문보다 더 긴밀할 가능성이 높았다.

분명 화홍단보다 더 무시무시한 독이었으니까.

그때였다.

섬에 가까워질수록 악운은 강한 파동을 느꼈다.

'느껴진다.'

한 명이 아니다.

수십…… 아니, 수백 명의 기운은 악운의 온몸의 솜털을 쭈뼛 곤두세웠다.

굳어 있던 악운의 표정이 점점 사나운 미소로 바뀌어 갔다.

"찾았다."

그토록 찾아 헤매던 놈들이 이곳에 있었다.

"백병전에 대비하라!"

악정호의 범선이 돌진하여 순식간에 적의 선박을 돌파하듯 부딪쳤다.

쾅!

각 배의 나뭇조각들이 으스러지며 사방으로 튀었다.

배에 휩쓸린 물살이 갑판 위로 쏟아지고, 당장 침몰할 듯 좌우로 흔들렸다.

호몽이 일갈을 터트렸다.

"으하하! 가주님과 함께하여 영광입니다!"

"나도 마찬가지요."

악정호가 가면 뒤로 담담한 눈빛을 보였다.

놀랍게도 두 사람은 이런 충돌 속에서도 흔들림 없이 상황을 주시했다.

'시작인가.'

와아아아!

사방에서 울려 퍼지는 고함 소리와 함께 부딪친 양측의 범선이 갈고리와 유성추를 던져 올렸다.

펑! 펑! 펑!

곳곳에서 배들이 서로 충각을 앞세우며, 백병전을 위해 줄을 걸었다.

호몽이 박도를 뽑아 들며 소리쳤다.

"백병전이다!"

"줄을 걸어라!"

백훈 역시 검을 뽑으며 소리쳤다.

"한 놈도 빠짐없이 죽여라!"

악정호가 좌우에 있는 호몽과 백훈을 지나치며 뇌공을 한 차례 휘둘러 팔 사이에 끼웠다.

"선봉에는 내가 설 것이다!"

말이 끝나기 무섭게 악정호가 갑판을 박찼다.

퍼엉!

발끝에 실린 웅혼한 기는 악정호를 쏜살같이 반대편 배에 날아오르게 했다.

쐐액!

악정호는 착지하는 속도가 높아지자 경신술로 몸을 가볍게 했다.

악가의 경신술 중 하나인 봉황비상답보(鳳凰飛上踏步)였다.

사아악!

적들이 반격할 틈도 없이 봉황이 내려앉는 듯 살포시 착지한 악정호.

뇌공을 발견한 수적들이 황급히 소리쳤다.

"산동악가의 가주다!"

"빌어먹을! 막아!"

악정호의 뇌공이 대답 대신 쏘아지듯 수적에게로 쇄도했다.

'늦었느니라.'

그들이 인지한 찰나.

악정호의 보법이 명명보를 일으키며 빛살처럼 쏘아졌다.

번쩍! 콰아악!

순식간에 두 명의 수적을 꿰뚫어 버린 악정호는 홍양보(紅陽步)로 전환하여 변화를 일으켰다.

창끝에 실려 펼쳐지던 악가겁화창이 물 흐르듯 무목창법(武沐槍法)으로 바뀌었다.

악정호는 악운에게 모든 창법을 가르쳐 주지 못했다.

아니, 가르칠 필요가 없었다.

악운은 알려 준 창법을 토대로 자신만의 색을 입혀 갔고, 태양무신의 유산까지 완벽히 전수받았다.

그러나 악가의 무공은 다양했다.

그중 무목창법(武沐槍法)은 대인전 전투를 위해 창안된 무공 중 하나였고, 악정호는 잊혔던 그 무공을 다시 완벽히 복원해 냈다.

콰콰콰콰!

창끝이 연속된 호선을 그리며 낭창낭창하게 좌우로 흔들렸다.

창이 닿는 범위뿐만이 아니었다.

화경에 이른 악정호는 권역에 맞닿는 모든 상대의 영역을 꿰뚫어보고 순식간에 제압했다.

쐐액! 쐐액!

뇌공이 지나칠 때마다 배 난관을 지키는 수적들이 짚단처럼 쓰러졌다.

"쿨럭."

수적 중 한 명이 몸을 꿰뚫은 악정호의 창을 간신히 양손으로 잡았다.

수적의 눈에 표독스러운 독기가 감돌았다.

"네놈은 분명히 지옥……에 갈 것이다."

마주한 악정호가 처음으로 입을 열었다.

"언젠가 가야 한다면 기꺼이 가마. 하나……."

악정호는 창을 수적의 몸에서 단숨에 뽑아내며 일갈을 터트렸다.

"오늘은 아니니라!"

동시에 악정호의 창이 또 한 번 격렬한 변화를 일으켰다.

악운을 통해 익히게 된 홍양태염창(紅暘太炎槍)은 악운의 말대로 놀라운 깨달음을 주었다.

그리고 그 무공의 이해를 통해 본래 악정호가 닿지 못했던 무공에 크나큰 영향을 주었다.

'어둠이 있어야 빛의 성함이 더 발하는 법. 상대의 기운을 나의 빛으로 승화시킨다.'

예민해진 악정호의 감각이 그간 준비해 왔던 창법을 일으키기 시작했다.

과거 닿지 못할 것 같았던 악진명의 절기 중 하나.

'암천광영창(暗天光榮槍).'

화아아악!

강한 창강이 악정호의 창끝을 휘감은 찰나.

콰지지짓!

악정호의 창에 닿은 수적들은 일제히 병장기와 함께 손목이 잘려 나갔다.

적들의 비명 사이에서, 악정호는 그 어느 때보다 크고 성하게 빛나고 있었다.

그의 창에 번뜩이는 창강은 다음 공격으로 이어졌다.

화경에 이르며 이르게 된 창격.

'구홍(九紅).'

철컥!

순식간에 단창으로 전환되어 뻗힌 아홉 갈래의 창격은 수적들의 얼굴을 새하얗게 얼룩지게 했다.

이 순간.

모두의 눈에는 악정호의 뇌공 가면이 공포의 상징이 됐으며, 악정호를 따르는 악가의 무사들에게는 승리의 상징이 되었다.

"으아악!"

"크허헉!"

악정호를 막지 못하니 수적들의 내부는 크게 뚫려 반대편에서 건너온 악가의 무사들을 막지 못했다.

"가주님을 따르라!"

"놈들의 배를 장악해라!"

널브러진 시신 사이로 밀려든 악가의 무사들의 사기가 그야말로, 하늘을 찌를 듯 드높아졌다.

승리에 한 발짝 다가선 것이다.

그러나…….

쾅!

또 한 척의 배가 부딪쳐 오며 악정호가 서 있는 배를 크게 뒤흔들었다.

구구구구―!

동시에 강한 기운이 배에 감돌았다.

'이 기운은.'

악정호는 반사적으로 갑판에 빠른 속도로 올라타는 무리를 응시했다.

"충파다!"

"놈들의 지원이야!"

수많은 배들의 충돌 한가운데.

마침내, 장사성과 악정호가 명운을 걸고 조우하게 된 것이다.

"됐습니다. 이쯤에서 멈춰 주십시오. 다녀오겠습니다."

"이곳에서요? 하지만 이곳은 유독 물살이 강한 곳입니다. 차라리 배를 더 가까이 대시는 것이 편하실 텐데요."

여기까지 노를 저어 오며 누구보다 물살의 흐름을 잘 파악하고 있는 정흥채의 충고는 어찌 보면 당연한 것이었다.

하지만 악운은 고개를 저었다.

"제가 저들의 기운을 느끼기 시작하였으니 저들 역시 배가 더 가까워진다면 우리의 기척을 느낄 것입니다."

"그리 말씀하신다니 알겠습니다. 하지만 아무리 절세의 경신법이라 해도 저 정도 거리라면……."

"방법이 있습니다. 아, 그리고……."

"예."

"제가 수면으로 올라오지 않더라도 죽었다고 지레짐작하지 마십시오."

"수, 숨도 안 쉬고 저 섬까지 가시겠다는 말씀이십니까?"

"그럴 생각입니다."

"잠영에 필요한 대롱도 준비하지 못했습니다. 정말 괜찮으시겠습니까?"

"네."

대답을 마친 악운은 가지고 있던 창을 손에 쥐고 물로 뛰어들었다.

사하학!

물과 맞닿는 순간에 천금칠신보의 '무음경신'의 묘리가 펼쳐지자, 물과 맞닿는 소리도 전무했다.

지켜보던 정흥채는 혀를 내둘렀다.

'물속으로 들어가는 순간 그 어떤 소리도 전혀 들리지 않았다. 이렇게 굉장한 경신술은 처음이야. 게다가 숨을 내쉴 대롱도 없이 저 먼 거리를 잠영만으로 가겠다니…….'

아무리 화경의 고수라도 물은 지상에서의 경공과는 확연히 다르다.

먼 거리일수록 숨도 내쉬어야 하는 데다 속도는 수압과 수류로 인해 더 느려진다.

그런데……

"어떻게 하겠다는 것입니까?"

나직이 홀로 중얼거리는 정흥채의 의문 속에 악운은 조용히 수심 속에 잠겨 있을 뿐이었다.

～◈～

'더…….'

악운은 기를 갈무리하고, 더 완벽히 기척을 감추기 위해 수심 깊은 곳까지 들어갔다.

'이쯤이면 됐어.'

한참을 깊이 잠영한 악운은 서서히 온몸에 수왕의 무공을 되새겨 보았다.

츠츠츠츳!

수왕의 무공은 오랜 시간 더 강하게 단련되어 왔다.

더구나.

일계 안에 궤를 같이하는 황제십경, 도반천록공이 성장하여 영향을 받았다.

그뿐 아니라 최근에는 한빙수룡환갑(寒氷水龍環鉀)의 일부 기운까지 흡수하게 됐다.

그야말로 수왕이 가장 강했던 시기의 기량 이상을 펼칠 수 있게 된 것이다.

'해룡포린공.'

악운의 얼굴 주변에 돋기 시작한 푸른 비늘 형상의 강기는 전보다 강렬하고 선명해져서, 순식간에 전신으로 확장되었다.

온몸으로 호흡이 가능해졌을 뿐 아니라, 내공이 받쳐 주는 한 전신을 두른 호신강기까지 갖추게 된 것이다.

웅! 웅!

더불어 한빙수룡환갑이 공명하며, 충만한 수기(水氣)가 해룡포린공을 증폭시켰다.

'이만하면 됐어.'

준비를 마친 악운의 두 발이 매끄럽게 발을 찼다.

크게 요란스럽지 않은 발구름이 일어난 찰나.

'해경신보(海徑迅步).'

전신이 물의 저항을 가르기 위해 최적화된 순간, 악운의 몸이 눈 깜짝할 새 물을 가로질렀다.

쏴아아아!

악운의 속도는 전과 비교할 수 없을 정도로 엄청난 빠르기로 전진했다.

교어(鮫魚)조차 악운의 속도를 따라잡을 수 없을 만큼 가공할 속도였다.

만약 정흥채가 직접 이 광경을 목격했다면 턱이 빠지게 놀랐으리라.

그렇게 악운은 눈 깜짝할 새 강한 물살을 가로질러 목표로 했던 물가 주변에 도달했다.

수면 근처에서 돌부리를 잡은 악운은 차분히 물 밖으로 천천히 얼굴을 내밀었다.

한결 기척들이 가까워졌고 강렬한 살의와 마기가 몸의 솜털을 곤두서게 했다.

'위치는 협곡 사이.'

악운은 작은 협곡 주변의 돌을 밟으며 빠른 속도로 벽을 타고 올라갔다.

'맙소사.'

악운의 모습이 보이지 않아 궁금해 하고 있던 정흥채는 육 안에 기를 실어 저 멀리 점으로 보이는 한 명의 사람을 흐릿 하게나마 확인할 수 있었다.

인상착의만 봐도 저 그림자는 분명 소가주밖에 없었다.

'일다경도 채 되지 않았어. 아니, 그야말로 찰나다.'

돌아가신 태상 채주의 말씀을 떠올릴 만큼 차원이 다른 기 예였다.

  −과거 수왕께서는 장강수로채 중에 최고의 잠영 실력을
  지니고 계셨지. 천하의 그 무림맹주 천휘성조차 혀를 내두
  를 지경이었으니. 껄껄!

수왕의 신위를 본 경험이 없어서 그 얘기는 사실인지 확인 해 본 적도 없었다.

그러나 악운의 신위를 보니 조금은 알 것도 같았다.

'수왕께서 지금 소가주가 보이는 실력보다 더 빠르게 유영 할 수 있으셨다면 어쩌면 태상 채주께서 말씀하신 것이 과장 된 전설이 아닌 진짜일지도……'

정흥채는 악운을 통해 아직 경험해 보지 못한 천외천 고수

의 세계를 조금이나마 엿본 기분이 들었다.

과연 소가주는 얼마나 더 강해질까?

이제 정흥채조차 악운이 어떤 고수가 될지 진심으로 궁금해졌다.

그런 그의 머릿속에 하나의 단어가 스쳐 지나갔다.

무림사를 통틀어 가장 강한 자에게 붙은 명호.

'고금제일인(古今第一人)'이.

❧

악운은 느껴지는 마기의 냄새를 쫓아 빠르게 움직였다.

빠르게 벽을 타고 협곡 지대 중턱에 오른 악운은 협곡 안쪽 수풀을 헤치고 나아가며 본격적으로 대막살왕의 경신술을 사용했다.

얼마 가지 않아 다가오는 기척이 세 명 정도 느껴졌다.

'경계 순찰인가.'

악운은 그늘 사이로 그림자처럼 기척을 지우고, 조용히 다가오는 세 명을 응시했다.

"산동악가 소가주란 놈의 목을 벨 수 있으면 교에서도 천금을 내릴 텐데."

"큭큭, 그럼 한번 덤벼 보지 그러나?"

"보이면 사지를 찢어 죽여야겠지."

"난 놈에게는 관심 없고 노예나 늘리고 싶어. 배를 침몰시킨 후에는 울며불며 살려 달라 빌어 대겠지. 지옥이라면서 말이야. 으하하."

악운은 그들의 이야기에 분노하지 않았다.

혈교에도 의(義)를 가진 자들이 있기는 하다.

하지만 대부분은 삶의 마땅한 기준도 없이, 오로지 약육강식의 교리를 추구해 왔다.

교주가 그토록 완벽히 일인군림 체제를 누릴 수 있었던 것도 강자존의 율법을 조금의 흐트러짐도 없이 지켜 왔던 덕분일 것이다.

'과거나 지금이나 여전하군.'

악운은 강한 마기의 기류를 느끼며 그들을 향해 움직였다.

쐐액!

성혜도약법으로 단숨에 거리를 좁힌 악운의 좌수에서 달마쇄지공이 펼쳐졌다.

두 발의 지풍이 날아가자마자 껄렁대던 혈교의 무사 두 명은 정수리가 꿰뚫린 채 쓰러졌다.

나머지 한 명은 이미 주작에게 목이 베인 채 목을 부여잡고 있었다.

"네, 네……놈이…… 어, 떻……?"

악운이 그의 머리채를 부여잡고 나지막이 말했다.

"약속하마. 네놈들의 지옥은 이곳이 될 거야."

악운의 눈빛에 살광이 번뜩였다.

일계가 성장함에 따라 눈과 귀 즉, 백리안과 파장력이 훨씬 예민해졌다.

백리안은 범위가 넓어져 이제 천리안이라 불러도 될 만큼 강화됐고, 파장력 역시도 전보다 더 세밀해졌다.

숨소리를 포함한 근방의 모든 소리가 들렸다.

악운이 화경으로서의 경지가 높아진 것도 한몫했지만, 동수의 고수라도 악운만큼 넓고 세밀하게 알기란 불가능했다.

'절벽에 매달려 있는 자들이 이백여 명. 경계하는 자들은 삼백삼십여 명. 주변을 경계하는 마인들부터 쳐 낸다.'

방금 전에 쓰러진 놈들을 수풀 밑으로 숨긴 악운은 조용히 다음 목표물을 향해 다가갔다.

그런 그의 눈에 투명한 실이 느껴졌다.

악운의 경이로운 안력이 아니라면 발견하지 못할 투명도였다.

'오귀망(五鬼網)인가.'

오귀망.

천라지망을 펼칠 때 놈들이 자주 쓰는 진형이었다.

다섯 겹의 포위망을 세운 후 세 명씩 이뤄진 여러 개의 조(助)가 거미줄처럼 약속된 길을 교차하며 이동한다.

한 조라도 제 시간에 늦거나 보이지 않으면 일제히 그 주변 지역을 조이는 것이다.

하지만……

'그 어떤 미로도 위에서 내려다볼 수 있다면 결코 두렵지 않아.'

이미 악운은 그들의 진형, 움직임 등 포위망의 세밀한 곳까지 전부 파악하고 있었다.

마치 새가 하늘에서 지상을 내려다보듯 그들의 모든 움직임을 부처님 손바닥처럼 꿰뚫어 보는 셈.

거미줄은 한 번 걸리면 너무 촘촘해서 빠져나오기 어렵지만, 한 가닥이라도 끊을 수 있다면 줄줄이 끊어진다.

쐐액!

악운은 생전 경험했던 오귀망의 진형 구조를 떠올리며 움직였다.

'현재 남은 조는…….'

방금 제거한 한 조를 제외하면 일백 아홉 개의 조가 주변을 활보하고 있었다.

가문의 배가 이 근방으로 유인되면 장사성을 도와 기습을 할 예정이었을 것이다.

타닥.

'그 전에 전부 죽인다.'

악운은 천휘성의 전철을 밟을 생각이 추호도 없었다.

독심(毒心)을 품는 건 이미 정해진 결정이었다.

돌아볼 필요 따위 없었다.

화아악!

악운이 창을 쥔 반대편 손에 검은 묵룡(墨龍)이 피어올랐다.

'국화독장, 활독(活毒).'

이제 국화독장은 온전히 악운의 일부가 되었다.

악운이 독을 쓰기로 마음먹은 지금.

활독은 그야말로 모든 것을 멸할 멸화독(滅化毒)이 되었다.

'색(色)도 형(形)도…… 모두 지워 퍼트린다.'

악운은 이제 만독화인의 경지.

냄새도, 형태도, 색도 언제든 변형시킬 수 있었다.

항구에 흩뿌렸던 독보다 수십 배는 강해진 독기가 악운이 원하는 곳으로 스멀스멀 휘날려 갔다.

츠츠츠츠츳!

무형지독은 강력했다.

순식간에 또 다른 조가 주변이 무형지독에 의해 입부터 녹아내렸다.

"으으으으……."

"끄르르르!"

얼굴이 통째로 녹아내리기 시작하자 그들은 아무 비명도 지르지 못했다.

아니 쓰러지면서도 그들은 통째로 그 존재가 사라져 갔다.

입고 있는 무복도, 살점도, 뼈도, 그리고 피까지!

악운이 흘려 낸 독은 그만큼 강했다.

마지막으로 의식이 남아 있던 찰나.

그들은 사람 크기만 한 묵룡(墨龍)을 마주했다.

'이 위화감은 뭐지?'

철홍은 흑마(黑魔)라 쓰인 검은색 장죽을 고쳐 쥐었다.

협곡 주변의 산자락은 조용했다.

더구나 기감이 닿는 영역 안에서는 진형이 제대로 운영되고 있었다.

그런데 스산한 위기감이 계속 머릿속에서 지워지지를 않았다.

그냥 무시할 직감이 아니었다.

각마(覺魔)에 이른 그에게 단순한 우연은 없었다.

각마, 혹은 화경은 무공의 극의에 가까워진 존재들.

위험을 느낀 직감 역시 범인과 비교하지 못했다.

"장표."

"예, 궁주님."

그의 곁을 지키고 있던 장표가 철홍의 표정을 살피고는 분위기의 심각함을 느꼈다.

"소신이 알아보겠나이다."

"가 보거라."

"예."

장표는 데리고 있던 흑명귀검대(黑鳴鬼劍隊)의 열 명가량과 함께 빠르게 신형을 날렸다.

철홍의 저런 경계 섞인 얼굴은 장표가 근래 본 적이 없는 표정이었다.

그래서 그 역시 느낌이 좋지 않았다.

～

타닥, 타닥!

장표와 흑명귀검대는 발 빠르게 흩어져서 경계망을 확인했다.

오귀망의 두 번째 포위망까지는 조금도 이상이 없었다.

그리고 다음, 세 번째 포위망으로 달려가던 찰나.

장표는 따라오는 흑명귀검대보다 한발 앞서 제자리에 멈춰 섰다.

'고요하다.'

이쯤 되면 세 번째 포위망의 순찰조와 조우할 시점이다.

아니면 기척이라도 느껴지는 것이 당연한 일.

장표의 판단은 빨랐다.

"궁주님께 알려라, 적이 나타났다고."

"예."

수하의 대답이 들려온 찰나.

대답을 마쳤던 수하가 갑자기 제자리에 털썩 주저앉았다.

장표가 눈을 번쩍 뜨며 돌아섰다.

그 순간, 그를 따라온 열 명의 수하들마저 일제히 목을 부여잡고 쓰러져 있는 것이 보였다.

츠츠츠츠츳!

그들의 몸은 빠른 속도로 녹아내리고 있었다.

'독?'

지금까지 여러 독의 효과를 본 적이 있었지만 이렇게 아무 조짐도 없이 사람을 녹이는 극독은 본 적이 없었다.

그런 독은 결코 존재할 리가 없는……

'설마…… 무형지독?'

모든 독에는 저마다 미세하더라도 고유의 향들이 존재한다고 공부했다.

경험 많은 고수들은 대부분 알고 있다.

그리고 그 공부를 통해 장표는 또 하나의 배움을 기억했다.

만약 향도 형태도 존재하지 않는 독을 마주한다면…….

'도망쳐라.'

장표는 군이 적의 정체를 알 필요 없이 땅을 박차려 했다.

서둘러 여길 벗어나는 것이 최선이라 판단한 것이다.

그러나 신형을 날리기도 전에 장표는 온몸을 갈기갈기 찢는 고통을 느껴야 했다.

'헙……!'

소리를 내어 신음할 수조차 없었다.

'구, 궁주님…….'

독을 참고 달려가고 싶은 마음은 가득했으나 몸을 조금도 움직일 수 없었다.

오랜 세월 그를 지켜 온 검을 꺼낼 손 또한 이미 살점과 함께 빠른 속도로 녹아내리는 중이었다.

고통 속에서 그는 한 가문을 떠올려봤다.

'사천당가인가? 그럴 리가!'

전설상의 무형지독은 천휘성의 시대 당시 사천당가조차 이뤄 내지 못했다.

무형지독을 자유자재로 통제할 수 있는 만독화인이란 독인을 후계자를 통해 성장시키려고 했으나, 그 역시 실패로 돌아가 버렸다.

'그런데 이제와 그 독이 나타났단 말인가!? 그럴 리가 없다! 그런 정보를 그간 파악하지 못했을 리가…… 없…….'

서서히 의식이 어두워져 가던 장표의 앞에 악운이 나타나 녹아내리는 그의 얼굴을 손바닥으로 꽉 누르듯 조였다.

그러자 그가 쓰던 인피면구가 완벽히 녹아내리며 그의 얼굴이 드러났다.

동시에 그의 뇌리에 낯선 이의 전음이, 의식이 끊어지기
직전 들려왔다.

　-장표. 오랜만이다. 청벽야장을 데려갔던 네놈을 이제
야 다시 조우하는구나.

　'청벽……야장 벽계동?'

　그 한마디에 장표는 단 한 사람이 제일 먼저 떠올랐다.

　무신 천휘성.

　그 두려웠던 이름을, 죽는 순간 되새길 줄이야.

　장표의 의식은 그렇게 꺼졌다.

　"흐음……."

　철홍의 눈에 강한 살의가 피어올랐다.

　장표라면 흑명귀검대의 수하를 통해 벌써 소식을 알리고
도 남을 일이다.

　철홍은 더 오래 생각하지 않았다.

　이렇게 된 이상, 변수를 완벽히 제거하고 산동악가를 맞이
해야 했다.

　그러던 찰나.

　매복지와 멀리 떨어져 있는 곳의 수하들이 돌아왔다.

　배가 다가오는 것을 미리 확인하기 위해 보낸 수하들이

었다.

"궁주님, 배들이 이곳으로 도주해 오고 있나이다."

부복한 수하의 보고에 철홍의 눈빛에 근심이 서렸다.

이대로 모든 병력을 철수하여 숲 쪽으로 움직이게 하면 모든 계획이 꼬인다.

그러나 계속 머릿속을 건드리는 이 거슬리는 위화감은 반드시 그 전에 해결해야 했다.

철홍이 결국 결단을 내렸다.

"경계를 서고 있는 모든 흑명당(黑明黨)을 불러들여라. 어서!"

"명을 받듭나이다."

장표 대신 철홍의 곁을 지키고 있던 흑명귀검대의 부대주 세 명이 동시에 뿔피리를 불었다.

부우우우웅!

숲으로 빠르게 퍼져 가는 뿔피리 소리.

"나는 숲을 수색하겠다. 너희들은 나의 하명대로 장사성을 도와 한 놈도 빠짐없이 죽여라. 알겠느냐."

세 명의 부대주가 바닥에 부복하며 일제히 대답했다.

"궁주의 명을 받듭니다."

그제야 철홍은 다시 귀환하고 있는 흑명당과 반대 방향으로 걸음을 옮겼다.

'진형이 바뀌고 있군.'

악운은 뿔피리 소리에 놀라 날아가는 새들을 보며 눈을 빛냈다.

놈들이 반응하고 있는 것이다.

장표는 과거 천휘성과 전장에서 몇 차례 조우한 적이 있는 자였다.

아니, 장표보다 천휘성과 더 많이 마주한 건 흑마궁의 궁주 철홍이었다.

놈은 노예로 데려온 사내의 양기들을 취해 젊음과 강함을 유지하는 괴이한 노마(老魔)다.

당연히 끌려가거나 죽은 사람들은 셀 수 없이 많았다.

한데…….

'보이지 않는 곳에서 여전히 자행하고 있었던 거야.'

정파 세력들의 다양한 알력 다툼 사이에서 혈교는 기생하고 있었다.

아니, 이전부터 정파의 정도(正道)가 무너졌다는 것을 혈교가 알고 있었기에 새로운 시대를 준비했던 건지도 모른다.

지금처럼.

'하나 네놈들 마음대로 되지는 않을 것이야.'

악운은 슬슬 태양진경의 새로운 편, 좌청룡편을 꺼낼 때라는 것을 느꼈다.

상대가 상대이니만큼 감회가 새로웠다.

'왔어.'

악운은 천천히 숨겼던 기척을 드러냈다.

흑마궁의 궁주.

흑마화인검(黑魔禍印劍) 철홍.

놈에게 싸우고자 선포한 것이다.

❧

숲속의 자리한 공터.

철홍은 그곳에 우두커니 서 있는 장신의 사내를 마주했다.

"네놈이구나."

철홍은 크게 동요하지 않는 눈빛으로 금세 사내를 알아
봤다.

"악가의 소가주."

"그래."

고개를 끄덕인 악운에게 철홍이 사나운 웃음을 지었다.

"병상에 누웠다고 들었거늘……."

믿기 힘든 일이었다.

'천지멸화독을 흡수하고도 멀쩡한 모습이라니.'

그러나 철홍은 애써 태연한 척 웃으며 기선을 제압하려

했다.

"과연 명성대로 옥면(玉面)이라 부를 만하구나. 조각으로 빚어진 듯 잘생겼어. 그렇게 귀하고 여린 살가죽이 뜯어지면 네놈이 얼마나 고통스럽고 절망할까 궁금하구나."

"이까짓 얼굴 가죽 같은 건 내게 중요한 관심사가 아니야. 그러니 큰 기대는 하지 말지. 그보다……."

악운이 눈을 치켜떴다.

"철홍 네놈은 예나 지금이나 여전히 세 치 혀가 긴 모양이야."

그 순간 철홍의 눈빛에 처음으로 이채가 흘렀다.

'이놈이…… 나를 안다?'

철홍이란 이름을 아는 자는 과거에도 일부 있기는 했지만, 그건 정파 내에서도 제법 오래 묵은 늙은 여우들뿐이다.

게다가 통째로 얼굴을 변형하는 역용술에 인피면구까지 모두 사용하는 자신의 정체를 알아본다는 건 불가능했다.

'그럼 추측했다는 말인가? 대체 무엇으로?'

찰나간 고심했던 철홍의 귓가로 악운의 담담한 음성이 들려왔다.

"네가 보낸 장표는 죽었다."

장표의 이름을 듣자마자 철홍의 눈빛은 더 이상 차분해질 수 없었다.

'장표를 통한 추측이었나? 한데 장표의 정체는 또 어떻게?'

악운의
외침

전쟁을 제대로 겪지도 못한 고작 약관도 안 된 청년이 장표의 이름을 안다는 건 불가능했던 것이다.

도저히 믿기 힘든 이 사태에 철홍은 입을 꾹 닫은 채 악운을 노려보기만 했다.

이 순간 철홍은 미치도록 궁금했다.

반대의 경우가 되었어야 할 상황이 오히려 역전되어 버린 것이다.

"네놈은 누구냐?"

철홍의 나지막한 반문에 악운은 말없이 창을 고쳐 쥐었다.

"산동악가의 소가주."

"웃기지 마라! 네놈의 진짜 정체를 말하란 말이다. 네놈도 역용술로 소가주의 얼굴을 하고 있는 것이냐?"

악운은 대답 대신 철홍에게 다가갔다.

"그건 중요한 것이 아니야. 내가 너의 적이라는 게 중요한 거지."

"닥쳐라! 당장 말하지 않으면 네놈의 사지를 찢어죽일 것이다!"

"먼저 간 장표가 말하지 않던가."

"뭐?"

"네놈은 사지조차 남지 않을 거야."

창을 쥔 악운의 반대편 손에서 철홍이 마주해 보지 못한 강력한 극독이 응축되어 갔다.

'독?'

철홍은 이 순간 장사성이 했었던 말이 스쳐 지나갔다.

이놈은 독을 온몸으로 받아 낸 것이 아니었다.

"네놈 설마, 그 독을⋯⋯!"

악운이 씨익 웃었다.

"덕분에 잘 사용했다."

철홍의 눈빛이 처음으로 크게 흔들렸다.

흑마궁의 궁주 철홍은 올해 여든에 이른 노마(老魔)였다.

혈교대란을 처음부터 끝까지 겪은 진정한 노장이란 소리였다.

그는 자신의 교활함으로 전장에서 매번 살아남았다.

무신조차 스러지던 시대에서 여전히 살아남은 것이다.

그런데 오늘은 달랐다.

그의 뜻대로 되는 것이 없었다.

'이놈이 감히!'

철홍은 온몸을 뒤덮은 독기에 대항하기 위해 전신에 붉은 호신강기를 방출했다.

흑마철갑기(黑魔鐵鉀氣)!

천지멸화독보다 강한 독기가 온몸을 뒤덮고 있는데 내공의 급격한 소모 따위를 걱정할 때가 아니었다.

콰지지지짓!

온몸에서 방출되는 마기가 그의 전신을 일렁이며, 독이 스며들 만한 모든 곳을 차단했다.

처음에는 독기가 느껴지는 곳만 호신강기를 일으켰다.

하지만 놈의 독은 일반적인 독이 아니었다.

'꼭 살아 있는 것만 같지 않는가!'

놈의 독은 마치 약점을 찾는 것처럼 온몸을 집요하게 훑고 지나갔다.

놈의 창을 막아 내는 이 순간에도 호신강기를 거둘 수 없는 이유였다.

'이런 낭패가 있나!'

독기를 막아야 하는 순간부터 철홍은 발목이 묶인 채 싸움을 시작해야 하는 것과 다를 바가 없었다.

악운은 마치 묵룡(墨龍)과 함께 싸우는 듯했다.

악운의 의지를 실은 묵룡은 철홍을 끊임없이 중독시키기 위해 충돌했다.

그로 인해 생긴 철홍의 빈틈을 악운이 공략했다.

그뿐이 아니었다.

독문무공인 흑마귀령검(黑魔鬼靈劍)에는 강한 독기(毒氣)와 마기가 스며 있다.

독과 검을 동시에 다루는 것이다.

한데 그 어느 쪽도 앞서지 못했다.

검은 장죽에서 빼 든 명검은 악운의 주작 앞에서 기도 펴지 못했다.

콰지지짓! 콰콰쾅! 타타탁!

'반격할 틈이 없어!'

급격한 내공 소모로 인해 팽팽했던 철홍의 얼굴에 조금씩 주름살이 짙어져 갔다.

내공으로 유지하고 있던 주안공이 옅어진 것이다.

'놈이 이리도 강했단 말인가?'

놈의 대한 정보 수집은 이미 진즉 이뤄졌다.

대략적인 추정 실력도 가늠하고 있다고 자부했던 상황.

하지만 직접 마주친 놈의 실력은 그 모든 추정을 뛰어넘었다.

아니, 놈의 움직임은 마치…….

'나를 이미 경험해 본 듯 움직이지 않는가!'

점점 밀려나는 철홍의 얼굴에 근심이 서렸다.

반면 악운은 차분했다.

'흑마귀령검이라…….'

혈교는 독, 주술, 의술, 제약 모든 것을 마기와 결합했다.

특히 흑마궁의 일원은 극독과 마기 그리고 검법을 결합한 자들.

과거 천휘성의 삶을 살 때에는 놈의 공격이 무시무시하게 느껴졌다.

한데 지금은 달랐다.

사아아악.

의지를 담은 묵룡이 놈의 전신을 삼키고 짓이기며 놈의 검에서 일어난 독기를 흡수했다.

마기(魔氣)는 일계 안에 있는 파사의 기공들이 강하게 파괴했다.

콰지지짓!

모든 활로가 막히니 놈이 당황하고 밀려나는 것이 느껴졌다.

악운의 입가에 점점 사나운 미소가 짙어졌다.

놈이 밀려날수록 악운의 묵룡이 성해졌다.

그때였다.

놈의 눈빛이 번뜩이며 검로가 변화했다.

악운은 반사적으로 느낄 수 있었다.

'동귀어진!'

철홍이 순식간에 온몸을 두르던 호신강기를 거두고, 나머지 내공을 일제히 검력(劍力)에 쏟아부었다.

"대비해 봐야 늦었느니라!"

일갈을 터트린 철홍이 악운의 창을 쳐내고, 간격을 가까이 좁혀 왔다.

악운은 지지 않고 그의 검을 밀어내려 했다.

그런데 놈의 검이 밀리지 않았다.

아니, 오히려 무겁게 느껴졌다.

"크흐흐."

젊은 중년인에서 검버섯 핀 노인으로 돌아온 철홍이 낮게 웃음을 흘렸다.

'놈이 마현공(魔眩功)에 걸렸구나!'

철홍은 맞닿은 악운의 창이 흔들리는 것을 느끼고 확신했다.

독을 막을 수 없다면 독을 조종하는 놈의 의지를 방해하면 그만 아니겠나!

철홍은 악운과 공수를 주고받을 때마다 마현공을 시전했다.

공수를 주고받는 움직임이 이지를 흔들어 놓을 매개이자 규칙이 된다.

철홍이 맞닿은 창 사이로 악운에게 이죽거렸다.

"너는 노부의 검이 점점 무거워질 것이고, 종전에는 살려 달라 울부짖게 될 것이다. 네놈의 사지를 잘라 네 아비에게 보여 주면, 네놈의 잘난 가솔들도 통곡하겠지."

점점 철홍의 검이 악운의 창을 짓누르기 시작하며 악운 쪽으로 밀어갔다.

내공 싸움이랄 것도 없었다.

악운의 전의(戰意)는 점점 상실되고 있었다.

악운의 의지는 상관없었다.

마현공이란 최면에 걸린 몸이 멋대로 움직이는 것이다.

하나 악운은 동요하지 않고 철홍을 똑바로 응시했다.

"여전해."

"뭐?"

"내놓은 마지막 비책이 그깟 외도(外道)의 주술인가?"

"이놈, 발악해 봐야 여기서 네놈은 죽을 것……."

말을 잇던 철홍의 눈빛이 세차게 떨렸다.

'놈의 창이 어째서……?'

힘이 빠져나가는 줄 알았던 창에서 푸른 전류가 튀었다.

파지짓!

전류의 확장은 순식간이었다.

마치 불이 옮겨 붙듯 푸른 전류는 창을 타고 악운의 온몸을 휘감았다.

화아아악!

흐릿했던 악운의 눈동자가 푸른 청염으로 다시 타올랐다.

찰나간.

사부의 웃음이 스쳐 지나갔다.

−좌청룡은 사악한 마기(魔氣)를 증오하지, 나처럼.

−무공이 아닙니까?

−그런 바보 같은 질문이 어디 있어? 태양진경은 무공이
자 도(道)인데. 그렇게 함축적으로 한 단어로 표현할 수는
없는 거야. 알았냐?

'예. 제자, 명심하겠나이다.'

악운의 입가에 짧게나마 희미한 미소가 맺혔다.

콰지지짓!

'태양진경의 여섯 번째 조각이 깨어나면 왼쪽의 내외산을 관장하는 좌청룡이 일어나니, 그 힘은 사기(邪氣)를 증오하고 태워서 마침내 도달할 것이다.'

동시에 창끝에 서린 파사의 기운이 한층 더욱 강력해졌다.

콰지짓!

거대한 태풍처럼 솟아오른 그 힘은 일계의 방위 중 동쪽의 진을 깨웠다.

하지만 진과는 다른 힘이었다.

'그것은 바람을 부르는 청룡의 정화(淨火)…….'

마침내.

진에서 나눠진 힘이 일계 안을 격렬하게 변화시켰다.

또 다른 방위 손(巽)이 열린 것이다.

그 힘은 순식간에 파사를 태우는 뇌성벽력을 통해 모든 현혹을 차단했다.

'태양명왕공(太陽明王功)이라 한다.'

일순간 악운의 청염에서 거대한 기류의 현기(玄氣)가 터져 나왔다.

번쩍!

그 기운은 악운과 맞닿은 모든 사악한 마기를 찢어발겼다.

거미줄처럼 악운의 전신을 옭아맸던 철홍의 마현공이 완벽하게 무효화된 것이다.

"커허헉!"

악운의 온몸에서 강렬한 푸른 뇌전이 비산하며 터져 오르자마자 철홍은 검과 함께 반대편으로 강하게 튕겨졌다.

쾅!

마현공은 강력한 섭혼술의 일종.

하지만 제대로 먹혀들지 않으면 시전자가 되레 강한 타격을 입는 마공이었다.

여기에 소요파, 곤륜파, 공동파의 공부가 깃든 명왕공을 펼쳐 내자 그 어떤 정화기공보다도 강력했다.

실패한 반탄력으로 인한 피해가 수십 배나 증폭된 셈이었다.

쾅탕탕탕!

방금 전 의기양양했던 기세와는 다르게 튕겨져 나간 철홍은 수십 그루의 나무를 부서트리며 날아갔다.

쾅쾅쾅쾍!

부서진 나무들 사이로 피어오르는 먼지바람.

이미 승패가 갈린 듯했지만 악운은 조금의 망설임도 없이 철홍이 있는 곳을 향해 땅을 박찼다.

쐐액!

그 틈을 노리고 철홍의 검이 튀어 나왔다.

악운은 이미 예상한 듯 철홍의 검을 주작으로 가볍게 튕겨 내고는 그의 발밑을 휩쓸었다.

촤하학!

악운의 날카로운 강기가 그의 호신강기를 찢어발기며 오른쪽 발목을 베어 버렸다.

"끄아아악!"

철홍이 처음으로 비명을 냈다.

한쪽 발목이 잘려 나간 철홍이 황급히 검을 바닥에 찍어 균형을 지탱해 봤지만…… 그보다 악운의 창이 빨랐다.

펑!

악운의 주작이 철홍의 검을 쳐 내며 그를 완벽히 넘어트리자 철홍의 얼굴이 땅바닥에 그대로 처박혔다.

쾅당!

악운은 거기서 그치지 않고 철홍의 오른 어깨를 그대로 베어 냈다.

쾃짓!

악운은 팔과 다리를 한 짝씩 잃은 그의 목덜미를 잡아 쓰러진 나무 밑동에 던져 놨다.

쾅앙!

"우에엑!"

검은 각혈을 토해낸 철홍이 무거워진 눈꺼풀을 들어 악운을 응시했다.

철홍은 끝까지 살고자 했는지 빠르게 팔과 다리를 점혈했다.

콸콸 쏟아지던 피가 지혈이 되며 잠깐이마나 멎었다.

"으으으……."

입술을 앙다문 철홍의 눈에는 증오와 경멸이 가득했다.

방금 전 청룡의 뇌전을 통해 완벽히 느낀 것이다.

"네놈…… 네놈에게서 어찌 천휘성 놈의 냄새가 나는 것이란 말이냐."

악운은 부들부들 떨고 있는 철홍을 응시했다.

악운은 이 순간만큼은 평소와 달리 조금도 망설이지 않고 정체를 밝혔다.

"나는 천휘성이다."

철홍이 눈을 부릅떴다.

"뭐라?"

악운은 독으로 인해 녹아내린 그의 얼굴 반쪽을 응시하며 대답했다.

"아직도 모르겠어? 나는 너희를 알아. 내 나이로는 불가능한 일이지."

"마, 말도 안 돼……. 네놈이 어찌……?"

"그래, 불가사의한 일이지. 나 역시 하늘이 어떤 뜻으로 나를 다시 천하에 내보냈는지 알 수는 없으니."

"닥쳐라! 그 말을 나더러 믿으라는 것이냐!"

"마혼단 역시 믿기 힘들 일일진대 이 정도쯤이야……."

철홍은 고통도 잊은 채 꿀 먹은 벙어리가 됐다.

오랜 세월을 이겨 내 온 생존력과 평정심이 완벽히 무너진 것이다.

이로써 칼자루는 완벽히, 악운이 쥐게 됐다.

"오래 전 나는 너희에게 졌다. 내부는 분열했고, 나는 목숨을 잃었지. 하나 이제는 달라."

악운은 씁쓸했던 지난날을 회상하면서 눈을 빛냈다.

"애송아, 네놈이 아무리 천휘성의 흉내를 낼지라도 이 노부를 속일 수는 없느니라. 네놈이 어찌 본 교의 움직임을 눈치챘는지는 모르나, 노부를 베는 순간……."

철홍이 활활 타오르는 눈빛으로 악운을 노려봤다.

"네놈의 가문은 다시 기둥뿌리도 남지 않고 모조리 불타 버릴 것이니라. 이전에도 겪어 봤으니 이번에는 더 고통스러울 수 있겠지. 아니 그렇더냐? 크흐흐흐!"

"그럴 수도 있겠지."

악운은 의외로 담담하게 반응했다.

"네가 믿든 안 믿든 나는 천휘성의 삶을 지나 새로운 삶이 됐어. 이제 더 이상 실수는 하지 않을 생각이야. 과거와 달리 이제는 네놈이 심어 놓았을 정파의 간자들부터 제거해야겠어."

"……."

"그 후에 무림맹을 다시 세울 거다."

"노부에게서는 아무것도 들을 수 없을 게다."

"글쎄. 그럴까?"

악운이 주작을 땅에 꽂은 후에 천천히 철홍 앞으로 걸음을 옮겼다.

"과거에 나는 매순간 너희들의 섭혼술에 대항하기 위해 많은 대책을 강구했어. 하지만 늘 한계가 있었지. 네놈들의 섭혼술은 날이 갈수록 진화했으니……."

악운은 거칠게 숨을 내쉬는 철홍의 앞에 한쪽 무릎을 꿇고 앉았다.

이미 그를 마주 보는 악운의 눈동자는 그 어떤 얼음장보다 차가웠다.

그 눈빛이 무엇을 의미하는지 강호 무림에서 관록 있는 철홍이 모를 리 없었다.

"네놈……이 감히…… 이 노부에게?"

"그래. 난 네 말대로 너에게 섭혼술을 사용할 거다. 그리고 '감히'라는 말은 이 상황에 어울리지 않아. 과거에도 지금도 네놈에게 '감히'를 붙여야 할 사람은……."

악운의 눈동자에서 청염이 이글거렸다.

"나다."

무신, 천휘성의 분노는 이제 시작일 뿐이었다.

섭혼술.

백홍휴에게 진엽이 행했던, 정신을 갉아먹는 최악의 술법
이다.

그를 깨어나게 한 건 소요파 천종야 노야의 수혼대법(搜魂
大法).

기억을 자극해 스스로 섭혼술을 이겨 낼 수 있게 이끄는
대법이었다.

그러나 빛이 있으면 그림자도 있는 법.

기억을 자극해 섭혼술을 해체할 수 있다면 반대로 기억을
자극해 상대를 구속하는 것도 가능하다는 뜻이 된다.

천휘성의 삶을 살 때에는 한 번도 그것을 시도해 본 적이
없었다.

상대의 영혼을 구속하여 멋대로 부리는 것이 혈교와 다를
바가 없다고 믿었기 때문이다.

하나……

'이젠 달라.'

악운은 천휘성과는 다른 삶을 추구했다.

가문의 평안이 무엇보다 최우선이었다.

그 과정에서 혈교와 부딪쳐야 한다면 악운은 무엇이든 해
낼 생각이었다.

지금처럼.

악운은 손에 강한 내공을 실어 앉아 있는 철홍의 단전에 일장을 날렸다.

콰지지짓!

철홍이 다급히 남은 모든 마기를 쏟아부어 호신강기를 일으켜 봤지만 허사였다.

악운이 펼친 건 마기를 짓누른다는 소림칠십이절예(少林七十二絶藝)중 하나.

달마십팔장(達摩十八掌).

철홍은 대경질색했다.

'이, 이놈이 어찌 소림의 무공을!'

하지만 그 당혹스러움이 가시기도 전에 악운의 일장은 철홍의 마지막 호신강기마저 찢어발기고, 그의 단전 깊숙이 파고들었다.

그 순간.

콰짓!

영혼이 깨지는 듯한 소리가 철홍의 머릿속에 울려 퍼졌다.

단전은 영혼의 뿌리다.

마기를 다루는 자들 또한 다르지 않았다.

어마어마한 양의 검은 핏물이 철홍의 입안에서 터져 나왔다.

"크허헉, 쿠헤헥……!"

한 번 시작된 단전의 균열은 이미 지니고 있던 내상을 더 증폭시켰고, 오랜 세월 젊음을 유지했던 철홍의 얼굴은 폭삭 늙은 노인의 얼굴이 되었다.

"으으으, 네놈 뜻대로는 안 될 것이다!"

철홍은 발악하며, 교의 마지막 자결 수단을 떠올렸다.

사멸문(死滅文).

교에서 자결을 택할 때 사용하라며 가르친 술법이었다.

몸에 미리 각인되어 있던 주술을 발동시켜, 원하는 시점에 온 몸의 기경팔맥 등을 일제히 터트리는 자결법이었다.

'내 죽음을 막지는 못할 것이야.'

그런데 그때였다.

악운이 조용히 도문을 읊었다.

"뇌위진동편경인(雷威震動便驚人)……."

그의 영기가 담긴 도문이 시작되자 철홍의 몸이 사시나무처럼 떨려 갔다.

철홍의 근간은 마기.

마기는 역행의 도로써 귀신의 사기(邪氣)를 축기했다.

그런 그에게 있어 단전이 깨진 지금과 같은 상황에서는 도가의 도문은 각인된 주술을 차단하는 최악의 상성이었다.

"네놈들의 수법 정도는 똑똑히 기억하고 있어."

악운은 혈교의 교도들을 많이 겪었다.

놈들이 정파를 잘 아는 만큼, 악운 역시 그들을 잘 알았다.

어떤 자결 수법을 쓸지 정도는 충분히 대비되어 있었다.

정신없는 와중에서도 철홍은 경악했다.

'말도 안 돼! 놈이 정말 천휘성이란 말인가?'

그 전제 말고는 악운의 완벽한 대처를 설명할 길이 없었다.

생각은 오래가지 못했다.

자결을 발동시키는 사기가 악운에 의해 억제될수록 몸의 강한 고통이 전해진 것이다.

"커어어억……."

악운은 눈동자가 뒤집힌 철홍을 응시했다.

'지금이야.'

놈의 혼란과 고통이 절정으로 치달은 지금이야말로 놈의 기억에 접근할 완벽한 '때'였다.

이윽고 악운의 손이 닿자 철홍의 눈동자가 새파랗게 물들어 갔다.

ꙮ

일차 백병전의 승리는 악가였다.

전선에서 악정호가 단신으로 장사성의 발목을 묶어 두자 전세가 삽시간에 뒤집힌 것이다.

배가 건조되는 동안 몸을 회복한 양경을 필두로 한 악가의 고수들은, 현재 장사성과 수적의 전력으로는 결코 이길 수 없는 상대들이었다.

장사성은 곧장 퇴각을 하명하고는 준비되어 있던 배를 타고 빠르게 전장을 빠져나갔다.

"가주님…… 이상합니다."

호길이 악정호를 찾아와 의견을 고했다.

"무엇이 말인가!?"

"저들이 너무 쉽게 물러나는 건 아닌가 합니다."

악정호의 눈에 이채가 흐른 찰나.

곁에 있던 유준이 말을 보탰다.

"호 소협! 기세가 높아졌을 때 놈들을 압살해야 하오! 속도전을 택하여 놈들을 급습한 이상 시간을 끌어 봐야 놈들이 도망갈 시간만 주는 꼴이오!"

유준의 말대로 악가의 배들은 현재 한창 기세를 높여서 도망치는 천룡채의 배들을 따라붙는 중이었다.

승리가 목전에 있었던 것이다.

호길은 머뭇거렸다.

'말해도 될까?'

쏟아진 수많은 시선들 속에서 호길은 더욱 조심스러워졌다.

괜히 잘못 판단했다가는 좋은 기회를 날려 버릴 수도 있었으니까.

하나 호길은 굳게 다물었던 입을 열었다.

호사량에게는 많은 배움을 익혔다.

풍수, 검법, 그리고 다양한 계책들의 활용까지……

그 공부들이 헛될 리 없었다.

─노력은 너를 배신하지 않을 게다. 돌아가신 내 모친께서 늘 하셨던 말씀이지. 중요한 선택을 해야 할 때가 오면 네 유약한 성정에 기대지 말거라. 네가 기댈 건 단 하나.

'……내 노력이 담긴 시간.'

호길은 호사량의 빈자리를 채워야 한다는 사명감에 이번 전장에 임했다.

그리고 이 순간, 개인의 판단을 확신하기로 했다.

"저는 총경리님과는 다른 생각입니다."

악정호는 늘 귀가 열려 있는 수장이었다.

"말해 보게."

"저들의 대처가 빨랐습니다. 마치 준비되어 있던 것처럼요. 저들도 우리가 배를 건조하여 여기까지 도달할 것을 예상했다는 뜻이 됩니다."

"그리고?"

"저들은 우리 가문의 전력이 결코 저들에 비해 얕지 않다는 것 또한 알았으리라 봅니다. 왜 도망치지 않고 싸웠던 것일까요?"

같은 배에 타고 있던 백훈이 끼어들었다.

"놈들에게는 이 물길이 유일한 도피처야. 이곳을 떠난다는 건 죽음과도 같지. 물러나는 쪽이 더 최악이라고 생각했을지도 몰라."

"그럴 수도 있지요. 하지만 저들은 결국 남기로 했고, 우리와 전면전을 치르고 있습니다. 제가 의심스러운 건 그 다음의 일입니다."

호길은 호사량에게 배운 공부를 바탕으로 빠르게 말을 이어 나갔다.

"그들의 진형에서는 동귀어진, 즉 배수진을 택했을 때의 예리함이 없었습니다. 전장 또한 퇴로를 염두에 둔 듯한 장소였고 제때에 맞춰 장사성이 다른 배로 이동하여 퇴각했습니다."

바둑에서도 그랬다.

동귀어진의 전략을 사용할 때는 보통 필사즉생의 각오로 상황을 반등시키려는 의도가 깔린다.

하지만 저들은 그저 도망을 택했다.

그건 동귀어진의 수와 맞지 않는다.

"만약 저들의 진짜 비장의 한 수가 이곳이 아니라 다른 곳이라면요? 과연 그곳이 어디겠습니까? 저희 배들이 한 번에 저들을 포위하여 옭아맬 수 없을 협소한 곳이 가장 좋겠지요."

호길의 말이 끝났을 때 같은 배에 탄 가문의 일원들은 일제히 수적들이 향하고 있는 협소한 협곡을 바라보고 있었다.

고심하던 악정호가 눈을 빛냈다.

"호 채주."

"예, 가주님."

"어떻게 생각하시오?"

호몽은 호길을 가만히 응시하더니 씨익 웃음을 머금었다.

"소형제의 말에 일리가 있다 봅니다."

"알겠소. 그럼 호 채주의 말대로 우리는 추격하는 척 계속 놈들을 뒤쫓다가 협곡 부근에서 선회하여 육로를 통해 놈들의 매복을 확인하겠소. 기수들에게 알리시오."

호몽이 재빨리 소리쳤다.

"예, 뭣들 하느냐!"

가주의 하명이 떨어지자 한데 모여 있었던 인원들이 일제히 흩어지며 일사불란하게 움직였다.

그 사이 유준이 호길에게 다가갔다.

호길은 차분한 표정의 유준을 보며 긴장했다.

방금 전 유준의 의견에 척을 진 것이 걸린 것이다.

"아…… 저 총경리님, 저는 그게 아니라……."

"호 소협."

"네."

"아주 잘했소."

생각했던 것과 달리 웃고 있는 유준을 본 호길은 잠시 멍해졌다.

"아…….."

"부각주는 내게 자신의 빈자리를 채워 줄 만한 인재를 호소협으로 항상 말해 왔소. 나야 아직 경험한 바가 많지 않아서 확신하긴 힘들었으나, 오늘 보니 어찌하여 부각주가 그 말을 했는지 알 것 같소이다. 그러니 의견이 있다면 항시 목소리를 내 주시오."

유준의 칭찬에 호길의 얼굴에 화색이 돌았다.

"네!"

"지금, 아주 마음에 드는 눈빛이오."

유준은 호길의 어깨를 툭툭 두드린 후에 다시 협곡이 있는 쪽을 바라봤다.

그때였다.

망루에 있던 백해채의 일원이 빠르게 소리쳤다.

"북서쪽에서 소선이 하나 다가옵니다! 백해채 식솔의 깃발입니다!"

"소선?"

보고를 들은 호몽이 악정호를 쳐다봤다.

백해채 내의 소선을 따로 가지고 나간 건 단 한 사람뿐이었다.

"소가주입니다, 가주님!"

"그런 것 같소. 들이시오."

"예, 항속을 줄이고, 소선의 접근을 허락하라!"

쏴아아아.

천천히 속도가 줄어드는 대장선과 함께 얼마 지나지 않아 소선에 타고 있던 사내가 빠르게 대장선 안으로 올라탔다.

악정호는 곧장 정홍채의 얼굴을 알아봤다.

"정 부장!"

정홍채가 황급히 악정호 앞으로 다가와서 소리쳤다.

"가주님, 놈들의 계략입니다! 도주하고 있는 배를 따라 가시면 아니됩니다. 매복하고 있는 대대가 있습니다!"

"역시, 그랬나."

크게 놀라지 않는 악정호를 보며, 오히려 급하게 보고를 하러 온 정홍채가 놀란 표정을 지었다.

"이미 알고 있으셨습니까? 그럴 리가 없을 터인데……."

호몽이 대신 대답했다.

"알고 있으셨던 것이 아닐세. 마침 악가의 가솔을 통해 그들의 전략을 예상하여 다음 항로를 고심하고 있었네."

"아!"

그제야 상황을 이해한 정홍채가 고개를 주억거렸다.

보통의 가문에서는 일개 가솔이 가주에게 의견을 내놓는 것은 어렵다.

하지만 이제껏 지켜본 산동악가는 아니었다.

가주는 가솔의 의견이 합리적이고 충분한 근거만 있다면 그 의견을 수렴하여 단호하고 신중하게 결정을 내렸다.

'채주께서 손잡고, 공생하기로 한 데에는 다 이유가 있으셨던 것이야.'

정홍채는 새삼 악정호의 통솔력과 악가가 가진 끈끈한 유대감에 감탄했다.

그리고…….

'소가주가 그토록 그 어떤 상황에도 흔들리지 않고 굳건할 수 있었던 건 이런 가문이 있었기에 가능했던 것이었을까.'

정홍채는 악운이 보여 줬던 모습을 떠올리며, 점점 악가와 백해채가 함께 나아갈 새로운 미래가 기대됐다.

하지만 악정호의 질문으로 상념은 오래가지 못했다.

"한데 운이는 어디에 있소?"

"현재 협곡으로 향했습니다."

"홀로 말이오?"

"예."

"그렇군."

악정호는 크게 놀라지 않았다.

늘 봐 왔던 악운이라면 적의 동태를 파악하기 위해서라도 먼저 단독으로 움직이는 쪽을 택했을 것이다.

상황을 알게 된 호몽이 그를 위로 했다.

"크게 심려 마십시오. 소가주의 실력이라면 별일이야 있겠습니까."

"위로하지 않아도 되오."

"그게 무슨 말씀이신지……."

"생사를 오가는 일은 가문을 재건하면서 꽤나 많이 있었다오. 걱정을 하고 밤잠을 못 자는 날도 많았지만, 그 과정들을 겪고 나니 내가 느낀 건 단 하나요. 때로 걱정보다는……."

악정호가 저 멀리 협곡을 응시하며 대답했다.

"흔들림 없는 신뢰가 필요하다는 것을."

"아……."

"아비가 아들을 믿지 않으면 누가 믿겠소이까?"

악정호가 뇌공을 고쳐 쥐었다.

"그러니 우리는 우리의 계획대로 움직이면 되오."

격동

달빛 아래 고요한 호수에 등을 켠 여러 척의 배들이 모여 들었다.

각자 색이 다른 소선(小船)에서는 복면을 한 뱃사공들이 잠시 노를 놓고 주렴으로 된 내실 옆으로 물러났다.

동시에 배 안쪽에 자리 잡고 있던 그림자들이 각자의 주렴 뒤에서 대화를 시작했다.

"석가장의 후계자 싸움은 이제 곧 끝이 날 것 같소이다."

청색 배에서 담담한 음성이 호수 위에 울려 퍼졌다.

그 목소리에 붉은 배의 목소리가 대답했다.

괄괄한 노파 같았다.

"홀홀, 그자가 수장이 되면 가주는 놈을 본 회(會)의 개로 쓰실 작정인가?"

청색 배에서 다시 중저음의 목소리가 울려 퍼졌다.

"글쎄…… 선배들의 생각은 어떠시오? 나야 회에 젊은 피를 수혈하는 것도 나쁘지 않다고 보오."

갈색 배에서 깊은 현기가 느껴지는 진중한 음성이 이어졌다.

"석균평과 연결된 원룡회도 무너진 마당에 그 빈자리를 채우는 것도 나쁘지 않을 걸세. 나무를 보지 말고 숲을 봐야하지 않겠는가. 균형이 기울어졌으면 다시 되돌려 놔야겠지."

남색 배에서 싸늘한 음성이 들려왔다.

"세간에 화홍단에 관한 이야기가 퍼졌고, 남궁문이 이를 계속 캐고 있소. 회주는 그들이 오대세가를 통해 화홍단을 들추고 있는 것을 언제까지 지켜볼 참이요?"

"당분간은 남궁문이 하는 짓을 지켜볼 작정이요. 남궁문은 현재 팽가를 설득했고, 황보세가와 산동세가도 등에 업었소. 그나마 남은 곳은 제갈세가인데……. 워낙 그 속을 알기가 힘든 곳이라 내 편을 들 것 같지는 않소. 이익이 되는 쪽에 서겠지. 그래서 말인데……."

회주라 불렸던 사내가 계속 말을 이어 나갔다.

"청성과 우경전장 그리고 천룡채의 일이 현재로써는 가장 시급한 일이오. 오대세가의 일은 남궁문의 움직임을 주시하면 될 일이나 천룡채의 일이 급박하게 돌아가고 있소."

대화가 이쯤 진행되자 검은색 배에 타고 있던 철홍이 씨익 웃으며 말했다.

"천룡채의 일은 너무들 염려 마시오. 본 교에서 나설 것이 외다."

"혈교에서 직접 말이오?"

회주의 목소리에서 탐탁찮은 기색이 풍겼다.

철홍이 그를 진정시키듯 말했다.

"잠깐일 뿐이오. 생존자가 없이 살인멸구하면 본 교가 나섰다는 것조차 세간에는 알려지지 않을 게요. 더구나 천룡채는 여러분들이 주시하고 있다는 것조차 모르지 않소. 아니, 천하가 알 리가 있나. 구파일방의 수장 일부가 평화를 위해 본 교와 손잡고 있다는 것을 말이요."

갈색 배의 목소리가 답했다.

"손을 잡고 있다라⋯⋯. 듣기 거북하군그래."

철홍이 조소했다.

"돌고 돌아 태극이 아니겠소?"

"말할 수 있는 도는 참된 도가 아니니, 그대의 입에서 나오는 도는 받아들이기 힘들 것 같군. 게다가 그대의 길과 우리의 길은 다르오. 그대들을 억제하기 위해 우리가 있는 것일진대."

"원하신다면야. 아무튼 천룡채의 일은 내게 맡겨 두시고 그대들은 각자의 일에 전념해 주시오. 산동악가 정도는 내

선에서 마무리 짓겠소."

그 찰나, 이제껏 듣고만 있던 황색 소선에서 중후한 음성이 들려왔다.

"믿고는 있소만. 최근 악가의 위세는 충분히 대단하오. 그들은 단시간 내에 산동성을 장악했고, 황보세가는 물론 남궁세가와도 우호적인 관계를 쌓았소. 그간 균형을 유지하는 데 필요악이었던 원룡회조차 놈들에 의해 휩쓸릴 지경이었지. 우습게 볼 자들은 아니오."

"그건 본 교 또한 알고 있는 사실이오. 이미 놈들의 전력 또한 세세하게 파악하고 있소."

"그럼 다행이겠지만 만약 이번에 천룡채를 통해 놈들의 세를 제대로 누르지 못한다면 놈들은 화홍단을 명분 삼아 각 세력의 협조를 요구할 것이오. 그리고 그 끝에는……."

"끝에는?"

"혈교가 썩 좋아하지 않을 일이 벌어지겠지. 무림맹의 재건 말이오."

황색 배의 말이 끝났을 때쯤 잠시 주변이 고요해졌다.

침묵을 먼저 깬 건 철홍이었다.

"만약 그런 일이 벌어지게 된다면 오랜 세월 쌓아 온 이 교분과 협력이 크게 흔들릴 게요."

남색 배에서 노기 섞인 음성이 흘러나왔다.

"오만하군그래. 협력이 흔들린다고 겁이나 먹을 거 같은

가?"

그의 거센 반응에 철홍이 실실 웃으며 한발 물러나 주었다.

"자, 자, 진정하시오. 서로 피를 보지 않기 위해 오랜 세월 협력해 왔소. 그대들은 천휘성을 따랐던 자들의 목숨을 본교에 내주었고, 우리는 그대들의 권위를 지켜 줬지. 그 공고했던 지난 일을 수포로 돌릴 순 없잖소?"

상황을 중재한 건 회주라 불린 청색 배의 사내였다.

"선배들도 바쁘실 테니 회합은 이쯤 하는 걸로 합시다."

붉은 배의 노파가 입을 열었다.

"홀홀, 그렇게 하세."

"다들 다음에 뵙겠소."

철홍의 말을 끝으로 다른 배들은 더 이상의 대화를 멈추고 다시 노를 저어 각기 다른 방향으로 헤어졌다.

철홍은 그렇게 어둠 속으로 사라져 가는 배들을 바라보다가, 이내 자신의 배를 끌고 온 사공을 쳐다봤다.

"이제 됐으니 그만 출발하거라."

하나 방갓을 쓴 사공은 아무 말이 없었다.

그저 조용히 노를 쥔 채 앉아 있을 뿐이었다.

철홍이 눈을 가늘게 떴다.

"감히…… 죽고 싶은 것이냐."

강한 위협이 이어진 찰나, 사공이 천천히 방갓을 벗으며 자리에서 일어났다.

놀랍게도 그 사공은 방금 전 철홍을 죽음까지 몰아넣었던 악운이었다.

"이게 네 기억이군, 철홍."

악운의 나직한 음성에 철홍의 눈에 균열이 일었다.

"네놈이 어찌 여기에! 아니, 여긴……!"

"네 기억이지. 나는 그 기억을 보고 듣고 있는 것이고. 고맙다, 네 덕분에 지금의 나는……."

악운의 눈에 강렬한 적의가 일렁였다.

"누가 적인지 확실히 알게 됐어."

츠츠츠.

악운의 눈에 일렁이던 푸른 불길이 동공에서 사라졌다.

동시에 반개했던 악운의 눈이 다시 본래의 크기로 돌아왔다.

대법이 끝난 것이다.

'그자들이었나.'

운이 좋았다.

알고 보니 철홍은 혈교 내에서 그들과 교류하는 정파인을 담당하고 있는 핵심 인사였고 정파 사이의 갈등을 조장하고 있는 자였다.

아니, 그 갈등조차 합의로 이뤄진 일이었다.

'달콤한 영달을 누리고자 혈교와의 휴전을 약조하고, 그들이 원하는 것을 내주고 있었던 거야. 그것을 평화라고 믿고 있었겠지.'

천휘성 사후 천하가 안정되었다는 믿음은 전부 허상이었다.

'남궁문이 믿었던 것은 그저 거짓과 위선이었어.'

남궁문은 가문의 평안을 지키려면 천하의 안정이 중요하다고 봤고, 그 안정을 위해 어쩔 수 없는 피를 봐야 했다고 했다.

하지만 그건 철저히 짜인 계획의 일환이었다.

그들 중의 일부는 혈교와 손을 잡고, 혈교와 밀약을 맺었던 것이다.

'남궁문을 비롯해 천하의 안정을 바랐던 이들의 신념을 명분으로 삼고, 혈교와 밀약을 맺는 건 그들에게 있어 최고의 자위였겠지.'

악운은 조용히 주먹을 쥐었다.

이 모든 건 혈교의 계획들 중 하나였을 것이다.

내부의 배신, 천휘성의 죽음, 정파의 균열까지……

꽤나 많은 시간이 흘렀고, 혈교는 다시 부활할 기틀을 쌓고 있다.

하지만 다행스럽게도 놈의 기억을 들여다보며 알게 된 일이 하나 있었다.

'놈들도 큰 피해를 입었어.'

혈교가 정파의 균열을 유도한 건 그들의 단순한 유희 거리가 아니었다.

'무신대첩(武神大捷)'이라 불리는 마지막 결전에서 놈들 역시 많은 피해를 입어 물러났던 것이다.

"……결코 부질없지 않았어."

전생의 패배했던 기억이 그저 단순한 패배가 아니라는 사실이 악운을 뜨겁게 만들었다.

두근, 두근!

강한 고양감이 심장을 뛰게 했다.

천휘성과 그의 곁에 함께 했었던 수많은 선배와 형제들의 노력은 결코 허사가 아니었다.

그 힘이 부족했던 게 아니라, 마지막까지 합심했어야 할 동료들이 추악해져 버린 탓이었다.

악운의 눈빛에 청염이 일렁였다.

"끝내야겠지."

그게, 무엇이든.

"크르륵……."

섭혼술로 인해 백치가 되어 버린 철홍이 새하얀 거품을 입에 문 채 거친 숨만 쌕쌕 내쉬었다.

이윽고.

츠츠츳.

악운의 손바닥에서 발출된 활독이 거미줄처럼 철홍을 감자 그의 몸이 순식간에 녹아내렸다.

활독의 회수 직후.

그가 있던 자리에는 더 이상 아무것도 남지 않았다.

혈교는 그 어느 것도 그를 통해 알아낼 수 없을 것이다.

그들의 폐부에 악운이 칼을 겨누기 시작했다는 것조차.

〰️

매복하고 있던 흑명귀검대의 부대주들은 절벽에 줄을 매단 채 가파른 벼랑에 숨어 있었다.

때마침 협곡 안쪽으로 진입하기 시작하는 천룡채의 배.

세 명의 부대주들 중 가장 상급자인 노태직이 줄에 매달린 채 조용히 눈을 빛냈다.

'상황이 좋지 않구나.'

수색을 위해 이동한 대주의 행방이 요원해진 것뿐 아니라 궁주님마저 숲으로 들어간 뒤 소식이 끊겼으니…….

게다가 방금 전 강렬한 기세는 삽시간에 사라졌다.

일전에 멀리 떨어졌음에도 거대한 굉음과 소름이 돋을 만큼 강렬한 기운의 파동까지 있었던 것을 보면, 확실히 숲에서 뭔가 사달이 있었던 것은 분명했다.

하나 그가 받은 하명은 궁주를 돕는 게 아니라 산동악가의 궤멸.

'산동악가여, 사지를 찢어발겨 주마.'

노태직의 눈빛에 강렬한 사기가 감돈 찰나.

한 줄기 비명이 그와 멀리 떨어진 절벽 한편에서 터져 나왔다.

"끄아아악!"

노태직의 눈빛이 깊게 가라앉았다.

'설마! 궁주님께서 패배하셨단 말인가?'

궁주는 각마에 이른 위대한 존재.

오랜 세월을 살아온 그가 이런 곳에서 허무하게 죽음을 맞이했다는 사실은 받아들이기 힘들었다.

그러나……

"크헉!"

"커허억!"

검은 그림자는 잔영조차 희미하게 느껴질 만큼 무시무시한 속도로 절벽을 밟고 흑마궁의 교도들을 베어갔다.

동시에 칠흑 같은 검이 스치듯 눈에 띄었다.

'검? 악가가 아니란 말인가?'

검은 그림자가 절벽을 밟고 도약하면 어김없이 흑명당과 흑명귀검대의 목이 번갈아 떨어졌다.

타닥!

그림자는 절벽 아래로 떨어지는 몸통을 밟고 다시 허공으로 도약했다.

등평도수의 묘리가 담긴 신출귀몰한 움직임이었다.

쐐애액!

도약한 그의 몸이 둥글게 말리더니 화살처럼 쏘아졌다.

'궁신탄영의 묘! 아니, 허공답보인가?'

그림자는 순식간에 만변(萬變)의 보보를 보이며 순식간에 열댓 명의 교도들을 절벽에서 추락시켰다.

이대로 가다간 순식간에 전멸이었다.

"절벽 위로 올라가라!"

마치 용이 노니는 듯 허공에서의 체공을 자유롭게 구사하는 적과 싸우려면 절벽이란 제약보다는 지상이 훨씬 나았다.

'서둘러 집결해 합공을 택하는 쪽이……!'

"늦었어."

노태직이 눈을 부릅떴다.

'대체, 언제!'

오랜 세월 쌓아 온 연륜, 경험, 부동심 따위는 이 순간 모두 다 헛것이 되었다.

이건 마치…… 격의 차이.

콰악!

악운은 단숨에 노태식의 목을 흑룡아로 베어 낸 후 그의 어깨를 밟고 한 바퀴 회전했다.

체공과 방향 전환은 금안행운(金雁行雲步)과 운룡대구식(雲龍大九式)이 절묘하게 녹아들었다.

옥심귀일강기를 바탕으로 이제 곤륜의 공부 또한 일계 안에 완벽히 녹아든 것이다.

여기에 이(離)에 녹아든 백호의 신속은 노태식이 감히 흑룡아에 대적할 수 없게 했다.

서걱!

노태식은 절벽에서 추락하는 그 순간 생각했다.

혈교 최대의 위협이 생겼다고.

악가는 배의 편대를 두 개로 나눴다.

악정호가 이끄는 배들은 협곡을 끼고 돌아 악정호를 비롯해 악가의 정예들을 하산시켰다.

악정호를 필두로 악가휘명대와 악가뇌혼대가 협곡 부근에 하선하고, 나머지 배는 계속해서 장사성을 추격했다.

양동계를 택한 것이다.

그런데…….

"그럴 필요 없었나."

백훈은 홀로 중얼거렸다.

이미 그들이 도착한 절벽 부근에는 싸움의 흔적들만 가득했다.

적들의 시신, 병장기, 그리고 절벽 위에 창을 쥐고 오연히 서 있는 사내의 등이 보였다.

'대단한 신위야.'

장사성이 믿고 매복시켰던 자들이다.

한 명 한 명이 결코 약하지 않은 고수들이었던 게 분명했다.

그들의 숫자만 봐도 군단(軍團)에 버금가는 인원.

악운은 그들을 단숨에 파악하는 것도 모자라 전멸시켜 버리기까지 했다.

가문의 힘도 필요 없었다.

악운은 이미…….

'일인군단(一人軍團)이야.'

악운에게 다가가는 악가의 가솔들의 눈에 강한 열기가 깃들었다.

그들이 언젠가 악정호 다음으로 모셔야 할 소가주는 새로운 시대를 열고 있었으니까.

꿿

"어찌 된 게야!"

악운이 악정호에게 빠르게 다가왔다.

"긴 설명은 나중에 하겠습니다. 곧 배들이 충돌할 겁니다. 이 전투의 쐐기를 박아야지요."

"그래, 알겠다."

악정호도 고집 부리지 않고 악운의 말에 동의했다.

급박하게 돌아가는 전황을 챙기는 게 먼저였다.

"한데 이자들의 정체는 무엇이었소?"

악정호와 함께 온 백홍휴가 물었다.

"혈교였습니다."

백홍휴가 눈을 번쩍 떴다.

"혈교? 정말이시오?"

"네, 장사성은 이들과 손을 잡았습니다. 항구에서 흩뿌렸던 독도 그들의 것이었을 테죠. 한데 심각한 건 손을 잡은 자가 장사성뿐이 아니란 사실입니다. 이는 이자들을 통해 알아냈습니다."

"깊게 논의할 일이로구나."

"맞습니다. 그리고 혈교 놈들에 대해 깊이 알아낸 이상 장사성은 저희에게 그리 중요한 인물이 못 됩니다. 그 말은……."

"놈을 살려 둘 가치가 조금도 없단 뜻이겠지."

"네."

"그래, 가자꾸나."

악정호의 명이 떨어지기 무섭게 악운이 백홍휴를 쳐다봤다.

"놈들이 남긴 줄이 있습니다. 가솔들은 그 줄을 묶어 적의 배로 진입하면 됩니다."

"알겠소."

"그럼, 제가 선봉에 서겠습니다."

백훈이 악가뇌혼대를 데리고 악운의 옆에 섰다.

"따를게."

악운이 대답 대신 씩 웃은 후에 절벽을 향해 달렸다.

타닥!

순식간에 내달린 악운은 줄 하나 매달지 않고 그대로 절벽 밖으로 몸을 날렸다.

그 모습을 지켜보던 백훈의 옆으로 금벽산이 조용히 다가왔다.

"대주, 나는 당장은 못 따라갈 것 같소만? 절벽을 그냥 뛰어내리라고? 내가 소가주인 줄 아나……"

"저도요."

"동감."

호길과 서태량이 뒤이어 대답했다.

듣고 있던 악정호와 나머지 가솔들이 참지 못하고 웃음을 터트렸다.

"이제 되었다. 맞서 싸워라!"

장사성은 약속된 장소에 도착하여 본격적으로 배를 선회해 적들에게로 향했다.

쾅! 쾅!

배와 배가 충돌하고 배의 파편들이 곳곳에서 비산했다.

"놈들의 퇴로를 막아라!"

장사성의 하명을 받은 천룡채의 수적들은 협곡 입구를 여러 척의 배로 빠르게 틀어막았다.

하태청이 지친 얼굴로 장사성에게 다가왔다.

"채주님, 아무 조짐이 없습니다!"

부딪치는 병장기 소리 속에서 장사성은 아무 말도 하지 않았다.

'팽당한 것인가? 그게 아니면, 어째서 나서지 않는 것이지?'

그 생각이 끝나기 직전.

쏴아아아.

장포 펄럭이는 소리가 그들의 갑판 위로 터져 나왔다.

쿵!

동시에 발을 구르는 소리와 함께 장신의 사내가 착지했다.

"악가의 소가주다!"

"놈을 죽여라!"

수하들이 달려가는 와중에 장사성은 악운이 나타난 허공을 응시했다.

'저놈은……!'

하태청 역시, 마른침을 꿀꺽 삼켰다.

"어째서 놈이 저 위에서……!"

"태청."

"예, 채주님."

"놈이 도착했을 때부터 무복에 피가 묻어 있었다."

장사성은 악운에게 쇄도하여 쓰러져 가는 수하들 사이로 창을 휘두르는 악운을 고요히 응시했다.

동시에 악운을 필두로 빠르게 다른 배 위에 착지한 악정호의 고함이 터져 나왔다.

맹호(猛虎)의 울음소리 같았다.

"네놈들의 매복은 실패로 끝났느니라!"

"가주님을 따르라!"

"천룡채의 수적들을 궤멸하라!"

"수로를 더럽힌 자들이다!"

곳곳에서 들려오는 산동악가와 백해채의 합공 속에서 장사성이 말을 이었다.

"악가를 유인하기 전 악가의 전력은 대부분 이탈 없이 우리와 상대했지. 게다가 놈의 옷에는 피가 묻어 있네. 무엇을 뜻하겠나."

"설마, 그럼……!"

"그래. 우린 팽당한 것이 아니라 비은이 놈에게 당한 것이 틀림없네. 대단한 놈이지 않은가?"

장사성은 자신을 향해 다가오고 있는 악가의 후계자를 이글거리는 눈으로 응시했다.

"내 모든 의도를 꿰뚫어 본 통찰력, 이를 행동에 옮길 실행력과 그것들을 뒷받침하는 실력까지……. 과연 난 놈은 난 놈일세."

소문은 늘 과장이 끼기 마련이다.

그러나 직접 부딪쳐 본 저 악가의 소가주는 조금의 과장도 없었다.

오랫동안 쌓아 온 모든 것이 무너질 것이 확실시되고 있기에 승패는 이미 상관없다.

용이 되고자 했던 이무기는 마지막 싸움을 결행했다.

"즐겁게 놀다 가네. 태청, 내가 놈들의 시선을 빼앗는 동안 살길을 도모해 보게."

"거절하겠습니다."

"끝까지 고집스럽군. 하긴 그래서 자네가 마음에 들었지."

동시에 장사성은 악운을 향해 땅을 박찼다.

쾅!

전세는 이미 기울었다.

그들의 비책이었던 혈교가 전멸했고, 이쪽은 화경의 고수가 넷이나 있었다.

악정호, 백훈, 양경 그리고 악운까지.

펑!

빠르게 날아온 언월도를 주작으로 쳐 내며 악운은 장사성과 공방전을 펼쳤다.

두 사람의 병장기에서 불꽃이 튀었다.

콰지짓!

동시에 언월도와 힘겨루기에 들어간 악운은 창날 사이로 웃고 있는 장사성을 응시했다.

장사성이 광기 서린 눈으로 말했다.

"나는 전력을 다해 네놈의 목을 반드시 가져갈 것이다. 이제 그것 하나로 충분해졌다."

"너는 내게 있어 스쳐 가는 이정표일 뿐이야. 내가 쫓는 적은……."

악운의 눈동자에 청염이 일렁였다.

"네 너머에 있다."

쿠아앙!

더욱 거센 내공을 실은 창이 산처럼 거대한 체구의 장사성을 뒤로 밀쳐냈다.

'신력에서 밀리다니!'

자칫 언월도를 놓칠 뻔한 장사성은 이를 악물고, 다시 병기를 휘둘렀다.

콰지짓! 펑! 퍼퍼퍼펑!

전력을 다한 도세(刀勢).

하지만 악운의 주작은 모든 도세를 분쇄하고 파괴했다.

으드득!

장사성은 이를 갈았다.

갑자기 주마등처럼 지난 기억들이 싸울 때마다 꼬리에 꼬리를 물고 아른거렸다.

오래 전 수적의 노예로 태어났다.

부모가 누군지도 모르고, 투기장에서 수적들의 내기감이 됐다.

죽고 죽이는 약육강식을 그때 배웠다.

이리 허무하게 가는 건 그가 꿈꿨던 미래와는 너무나 달랐다.

그리될 수는 없었다.

"네 목이라도 베고 가면 내 이름을 천하가 똑똑히 기억할 것이야!"

일갈을 터트린 장사성의 온몸에서 강렬하다 못해 파괴적인 기류가 일제히 피어올랐다.

구구구구!

그건 마기(魔氣)였다.

동시에 장사성의 눈빛이 백안이 되다 못해 그의 머리칼, 수염 등 모든 털이 새하얗게 물들어갔다.

탈혼경인편(脫魂驚人編), 귀왕진천도(鬼王振天刀) 와인식(送人式).

귀신의 힘을 빌리는 귀왕공.

장사성은 그 힘에 자신의 영혼까지 보태며 지닌 힘의 수십 배에 달하는 힘을 터트렸다.

"크흐흐……."

오로지 투기와 광기에 휩싸인 장사성의 눈에는 더 이상 이성이라고는 찾아볼 수 없었다.

번쩍!

더 강한 투지와 살의에 대한 욕구만이 그를 지배했다.

퍼퍼퍼펑!

그의 거센 일격에 처음으로 악운이 밀려났다.

타타타타탁!

빠르게 잔발을 치며 물러난 악운의 앞으로 또 다시 언월도가 내리찍혔다.

콰지짓!

강한 강기가 담긴 도격에 배의 갑판이 와르르 무너져 내렸다.

그 충격에 배의 밑바닥에서 물이 치솟아오르며 배가 옆으로 기울어 갔다.

하나 악운은 개의치 않고 공방을 나눴다.

펑! 펑! 채채챙!

활독을 쓰면 훨씬 더 빠르게 놈을 제압할 수 있을 것이다.

만독화인에 이른 것은 교주를 상대할 비장의 한 수 중 하나.

수많은 눈이 보는 전장에서 쓸 게 못 되었다.

하지만 그런 이유를 제외하더라도 악운은 독을 쓸 생각이 없었다.

지금의 장사성은 수적이 아닌 무인의 마지막이다.

'그에 맞게 보답하지.'

악운은 그간의 성취를 창에 담아냈다.

구구구구!

그 막강한 힘의 기류에 이성을 잃은 장사성마저 멈칫했다.

일계(一界)가 주작을 통해 펼쳐졌다.

쾅!

시작은 악가의 절기.

맞닿은 언월도가 악운이 내민 거센 창격에 강하게 튕겨 나갔다.

태양진경의 힘이 연속성을 더해 기세를 잡고, 흔들리지 않게 소림의 신법이 중심을 잡게 했다.

슈슈슈슉!

신속(神速)이 창에 담기고, 나아가는 진격에 마기를 증오하는 공동의 힘이 실렸다.

쩌적! 쩌적! 쾅! 쾅!

주작과 부딪친 장사성이 쥔 언월도에 조금씩 균열이 갔다.

악운은 그에 그치지 않았다.

제갈세가의 힘이 악운의 창을 통해 장사성을 되레 더 큰 힘으로 강하게 밀쳤다.

콰아악!

좌우로 크게 흔들린 장사성의 언월도 위로 천산파와 종남파가 만변(萬變) 속의 예리함을 일으키게 도왔다.

거센 파도처럼 밀려오는 장사성의 언월도를 미세한 차이로 비끼듯 밀어내고는 벼락같은 창격을 이어 갔다.

콰지짓!

언월도의 균열이 더욱 가속되고, 악운의 움직임 역시 신출귀몰해졌다.

진(震), 이(離), 손(巽), 감(坎)에 담긴 무공이 매 순간 악운이 필요한 때에 담겨 나왔다.

황제십경이 북풍한설처럼 놈의 움직임을 둔화시키고, 진총검결과 곤륜의 힘이 공수를 옥죄었다.

악운은 이미 하나의 창이 아니었다.

창에 담긴 건······

'무림을 수호한 영령들의 염원.'

쾌지지짓!

마침내 태홍이려창이 그의 전신을 향해 꿰뚫은 찰나.

"쿠르륵……."

장사성이 한계에 부딪친 것인지 처음으로 검은 피를 토하자 그의 언월도가 반으로 툭 절단됐다.

츠츠츳.

그의 본능을 터트렸던 마기(魔氣)가 씻은 듯 사라지며, 두 사람 사이에 고요한 공기가 흘렀다.

툭. 툭…….

악운이 뻗어 낸 창은 정확히 장사성의 가슴을 꿰뚫어 이미 등까지 튀어 나와 있었다.

다시 본래의 색으로 돌아온 장사성의 눈이 차분하게 악운을 응시했다.

"아쉽군."

"적어도 당신 무덤은 당신이 정했어."

"그래, 그나마 위안이 되는군. 네놈의 목을, 앗아 갔으면 좋았을 것을……."

"우린 멈추지 않아."

"언젠가, 꺾일 것이다. 네놈도, 네놈의 가문도……."

"그럴 일 없어."

"그런가……?"

반문하는 장사성의 눈에는 비릿한 조소가 가득했다.

순간 악운은 과거에 마주했던 교주의 그 비릿한 웃음이 스쳐 지나갔다.

그때도 그랬다.

놈은 미래를 보며 천휘성과 정파의 균열을 비웃었다.

하지만 악운은 그때와 달리 웃을 수 있었다.

"꺾이더라도 우리의 의지를 누군가는 기억하겠지. 하지만 너는? 너를 기억하고 네 의지를 이을 자는 누가 있지?"

장사성의 눈에 균열이 일은 순간 악운은 그의 몸에서 창을 단숨에 뽑아 들었다.

"널 기억하는 이는 아무도 없어. 허무하게 그렇게 가라. 그게 네 끝이야."

눈을 부릅뜬 채 죽어 가는 장사성의 눈에서 뜨거운 피눈물이 흘러내렸다.

쿵!

장사성이 쓰러진 직후, 배의 잠깐 동안 고요함이 돌았다.

"소가주가 장사성을 쓰러트렸다!"

"수적이 수장을 잃었다!"

곳곳에서 사기가 오르는 고함이 들려왔다.

그 속에서 악운은 장사성의 시신을 물끄러미 응시했다.

'끝났어.'

감정이 복잡해졌다.

장사성의 죽음은 그저 단순한 죽음이 아니다.

혈교를 향한 악운의 첫 공격이기도 했고, 이 인근의 수로를 장악했던 자들에 대한 분노였다.

그리고 그건 기존 권력을 쥐고 있던 자들의 결집으로 이어질 게 분명했다.

'하루빨리 무림맹의 구축을 이뤄 내야 해.'

악운은 또 한 번 무림맹의 구축을 확고히 다지며 주작을 고쳐 쥐었다.

이번 싸움으로 잃은 가솔들을 위해서라도 가문을 지켜 내기 위한 길은 계속되어야 했다.

❧

하태청은 난간에 등이 부딪쳤다.

쿵!

이제 한 걸음만 더 물러나면 뱃전 너머였다.

애써 도를 고쳐 쥐었지만 흐릿한 시야 앞에는 쓰러지는 수하들 밖에 보이지 않았다.

"허억, 허억……."

하태청은 거친 숨을 몰아쉬며 피 섞인 침을 뱉었다.

백해채의 수적들이 그의 주변을 둘러싸고, 대치 상태를 이뤘다.

하태청이 그들을 향해 위협적으로 으르렁댔다.

"어디…… 한번 와 보아라. 네놈들을…… 한 놈이라도 더 베고 가 주마."

그 순간, 백해채 무인 사이로 백훈이 검을 고쳐 쥐며 걸어나왔다.

"네가 모시던 주군과 동료들은 전부 죽었어. 네가 마지막이야."

하태청은 아무 대답도 하지 않고 백훈을 노려봤다.

백훈은 대답 없는 하태청에게 말을 이었다.

"너희 때문에 잃은 가솔이 수두룩해."

"큭큭, 잘되었구나."

"그래도 고맙다."

"뭐?"

백훈은 반문하는 그에게 땅을 박찼다.

수룡승천검(水龍昇天劍).

화아악!

그는 이제 스스로의 무공을 완벽하게 이해한 것은 물론, 재해석까지 이루어 냈다.

쏴아아아!

수십 개로 나뉜 검격이 일제히 하태청의 도를 쳐 내고, 다시 하나로 이어져 그의 목을 베고 지나갔다.

동시에 백훈의 목소리가 이어졌다.

"우린 더 단단해졌어."

"커허헉……."

간신히 버티던 하태청이 가래 끓는 소리를 내며 천천히 주저앉았다.

'이렇게 끝인가……? 천룡채도, 내 꿈도…….'

의식이 끊기기 전, 그의 눈에 비춰진 것은 선명히 피어오른 백훈의 검강이었다.

쿵!

악정호는 시신과 피로 점철된 배 위에서 창을 내리찍었다.

장사성이 타고 있던 배는 기울어진 채 점점 물 밑으로 가라앉고 있었다.

다른 배들에서는 악가와 백해채의 깃발이 올라오고 있었다.

"이겼다!"

"수적 놈들을 모조리 잡았어!"

가솔들의 환호성 속에 악정호는 처음으로 굳어진 표정을 풀고 미소를 머금을 수 있었다.

그들 말대로 큰 산을 넘게 된 것이다.

호몽이 서둘러 악정호에게 다가왔다.

"가주님, 대승입니다!"

"고생하셨소, 호 채주. 호 채주와 백해채가 아니었더라면 이만한 대승을 이뤄 내지 못했을 것이요."

"아닙니다. 오랜 세월 때를 기다리고 있던 우리 백해채를 다시 천하 밖으로 이끌어 내 주신 가주님과 소가주의 덕입니다."

"우리 모두 서로에게 큰 힘이 되었으니 빚은 없는 것으로 하면 될 것 같소. 아니오?"

"맞습니다, 하하!"

"다시 한번 본 가의 혈맹(血盟)이 되어 준 것에 고마움을 표하오."

"아닙니다. 채의 일원으로서 이번 일로 수왕의 명예를 다시 살릴 수 있는 기회가 되어 기쁠 따름입니다."

"하나, 장사성이 죽었을 뿐 아직 수로와 강은 상행을 시작할 여건을 완벽히 갖추지 못했소. 우리가 해야 할 일은 이제부터요."

"알겠습니다."

"당분간 수로는 유 총경리와 장 회주, 호 채주에게 맡길 생각이니 장사성에게 협조했던 남은 수적 잔당을 토벌하고 상행 운송의 터를 닦읍시다. 아, 그리고…… 하나 제안할 것이 있소."

"무엇인지요?"

"수왕의 뜻을 잇는다 하여 수운상회(水運商會)란 이름으로 개회하는 건 어떻겠소?"

악정호의 제안에 호몽이 호탕하게 웃음을 터트렸다.

"잠시만 기다려 주시겠습니까?"

"물론이오."

악정호의 대답이 끝나기 무섭게 호몽이 부근에 있는 백해채의 형제들을 향해 소리쳤다.

"백해채의 형제들이여! 이제 우린 악가와 혈맹을 맺고, 강의 질서를 재편할 것이다! 수왕의 유지를 잇는다 하여 수운상회란 이름을 어찌 생각하는가!"

"채주의 뜻을 따르겠나이다!"

"수왕께서 기뻐하실 것입니다!"

"좋습니다! 이제 그 이름만 들어도 모든 수적 놈들이 벌벌 떨게 될 것입니다!"

형제들의 동의 속에 호몽이 다시 악정호에게 돌아섰다.

"다시 뵙겠습니다. 수운상회의 초대 회주가 될 호몽입니다."

악정호는 마주한 그에게 포권을 취했다.

"회주의 형제가 될 수 있어 영광이오."

새로이 장강을 움켜쥘 수운상회의 탄생이었으며, 중원을 침략할 혈교의 길이 또 하나 막히는 순간이었다.

덜컹-!

문이 열렸다.

그 기척에 침상에 누워 있던 장설평은 천천히 고개를 돌렸다.

"장 회주."

"오셨습니까."

"일어날 필요 없네. 그대로 누워 있으시게."

병상에 누워 있는 장설평을 찾은 신 각주는 방금 전 들어온 소식을 전달했다.

"가주께서 대승을 하셨네."

"아아!"

누워 있던 장설평의 눈에 감격이 실렸다.

신 각주는 평소의 무뚝뚝한 반응과 달리 장설평을 위로했다.

"고생했네. 참으로 고생했어."

이 대승이 있기까지 장설평이 상회의 회주로서 얼마나 많은 노력을 해 왔는지는 곁에서 지켜본 신 각주가 제일 잘 알았기 때문이다.

우경전장에 의해 활로가 막힐 때마다 장설평은 갖은 애를 써서 거래처를 다녔고, 끝까지 희망을 놓지 않았다.

마침내 그의 노력이 소가주의 기지와 결합되어 수적 소탕이란 업적으로 발한 것이다.

　"이제 다 되었으니 마음 놓고 푹 쉬도록 하게."

　"아닙니다. 슬슬 몸도 나았으니 다시 움직여야지요. 해야 할 일이 많습니다."

　"어허, 이 사람……! 총경리가 있잖은가."

　"총경리 혼자서는 벅찹니다. 제가 도와야 합니다. 특히나 수적 소탕이 이루어졌다는 이야기가 들리기 시작하면 항구 재건이 다시 박차를 가할 것이고, 여러 중소 상단이 항구를 쓰고자 할 것입니다. 이리저리 세부 사항을 논의하고 계약할 일이 많아지겠지요. 물길이 열리면 삼당주와의 협업도 시작해야 합니다."

　"못 말리겠군."

　"동진검가에서도 큰 고초를 겪었습니다. 이 정도 통증은 일도 아닙니다. 그보다…… 이번 일로 상회의 가솔들이 많이 죽은 것이 더 뼈아프게 느껴집니다."

　"애석한 일이지."

　"예, 하지만 다행입니다. 적어도 그들과 함께 꿨던 꿈을 멈추지 않고 계속할 수 있어서 조금이나마 위안이 되는군요."

　"가솔들의 가족들에게는 가문 내에서 할 수 있는 최대한의 보상을 내줄 참일세. 그들이 남긴 삶을 지키는 게 가문의 역할이지."

"옳은 말씀이십니다."

"문득 생각난 것인데…… 신기하지 않나?"

"무슨 말씀이신지요?"

"악가가 세워지기 전만 해도 본가의 일원은 가주님과 열 살배기 자식뿐이었네. 하지만 이제는 천하의 그 어떤 가문과 문파도 함부로 할 수 없는 일가(一家)가 되어 가고 있지. 불과 얼마 되지 않는 시간 동안 말이야."

"저는 그 이유를 압니다."

"이유라……. 한번 들려주겠나?"

"소가주입니다. 소가주가 구심점 역할을 하고, 좌절되었던 이들의 꿈을 가문의 기틀로 이어 가고 있습니다."

"꿈이라……. 추상적인 단어로군."

"아뇨, 더 이상 악가에 '꿈'은 추상적인 단어가 아닙니다. 가문에서 여러 꿈과 야망이 현실로 이어진 지금, 꿈은……."

장설평이 씨익 웃었다.

"가문이 무한 성장할 수 있는 기틀이 된 겁니다."

장설평은 그 대답을 하면서 동시에 강한 전율을 느꼈다.

─소신을 가진 이들이 모이면 가문이 곧 대신(大信)이 될 것이며, 산동악가가 올곧게 설 수 있는 밑거름이 될 것입니다.

'소신'이란 꿈이 정말로 이뤄진 것이니까.

푸드득-!

전서구가 날아왔다.

건봉효는 때 묻은 손으로 익숙하게 그 전서를 펼쳐 읽어 내려갔다.

마침 마주 앉아 있던 현비가 물었다.

"무슨 일이에요?"

"허, 수적 놈들이 소탕됐다는데?"

현비가 눈을 번쩍 떴다.

내색은 안 하려고 하는 듯했지만 현비의 입가에 이미 짙은 미소가 걸려 있었다.

"좋냐?"

"뭐가요?"

"소가주 소식을 들으니 좋냐고."

"에이……."

사실 현비는 그 소식을 듣자마자 소가주가 아닌 한 사내의 얼굴이 스쳐 지나갔다.

'서 대협은 괜찮으려나?'

요즘 들어 갑자기 서태량의 얼굴이 종종 떠오르는지 스스로도 이해하기 힘들었지만, 현비는 악운과는 다른 묘한 감정을 그에게 느꼈다.

"조카사위를 생각하느냐?"

"아니거든요?"

"맞으면서, 뭘⋯⋯."

장난기 가득한 눈으로 씩 웃는 건봉효를 보며 현비는 못 말린다는 양 고개를 좌우로 저었다.

"그건 그렇고, 세부 사항은 없어요?"

"있지. 이 일로 천룡채가 궤멸됐고, 수왕의 유지를 이은 백해채가 새로운 운송 상회로 거듭난 모양이다. 수운상회로 출범했다는데?"

"운하 무역이 재개되는 거예요?"

"그런가 보다. 중소 상단들이 앞다투어 제녕으로 몰려든 다는구나. 수운상회는 만익전장으로부터 투자받은 데다 천 룡채의 튼튼한 배를 나포한 것은 물론이고, 요새 같은 섬까 지 거점지로 장악했으니⋯⋯. 산동성 제녕이 그야말로 최고 의 항구가 되겠어."

"하긴, 안휘성의 고립되었던 수많은 염전 관련 상회가 다 른 지역으로 운송을 시작하게 될 테고 절강성의 뛰어난 수공 품들과 강소성의 곡식들도 각지로 퍼져 나갈 거예요. 그리고 모든 배들이 제녕을 지나가게 된다면⋯⋯."

"엄청난 대도시로 성장하겠지. 만익전장 역시도 대형 전 장으로 이름을 날리게 될 게야."

"오대세가가 육대세가로 바뀔 수도 있겠네요."

"이미 세간에서는 오대세가 중 하나를 악가로 놓기도 하더구나. 황보세가가 악가와 혈맹 관계이고, 황보세가의 재건도 악가가 도왔으니 말이야."

그 얘기를 들은 현비는 진심으로 혀를 내둘렀다.

'어떻게 이런 일을 몇 년 새에 벌일 수 있는 거지?'

도무지 믿기 힘든 기적의 연속이다.

건봉효가 그 속을 꿰뚫어 보았는지 넌지시 물었다.

"기적같이 보이느냐?"

"네, 어느 정도는요."

"그래, 네 말대로 운도 어느 정도 따랐을 수 있지. 하지만 말이다. 운도 준비된 자에게나 기회로 작용하는 게야. 준비되지 않았다면 운은 쓸모없이 스쳐 갔을 게다. 악가는 오랜 세월 준비했을 것이야, 새로운 미래를 위해."

"하긴, 산동악가의 무공과 그 가칙은 여전히 존재하는 듯 보였어요. 멸가나 다름없는 일을 겪고 고작 일가족만 살아남았는데도요."

"그것이 가문이고 문파인 게다. 작은 씨앗만 살아남아도 다시 꽃으로 만개할 수 있는 게지. 사실 이 숙부도 악가를 보면서 다시 마음을 다잡았다."

"포기했던 강호를요?"

"그래, 맞다. 어쩌면 그들로 인해 강호는 다시 변할 수 있을 것 같구나. 아니, 이미 변하고 있지. 천하는……."

넌지시 읊조린 건봉효가 이내 자리에서 일어났다.

"자, 가자. 천룡채의 일이 강호 곳곳으로 퍼지기 시작한 지금, 우리 역시 악가를 도와야겠지."

이미 건봉효는 아는 인연들과 개방의 인력을 통해 빠른 속도로 청성과 우경전장 그리고 천룡채의 관계를 구파일방에 피력하고 있었다.

천하의 판도가 바뀌기 시작한 것이다.

～

신강 천산(天山).

만마(萬魔)의 시작점이자 마도 종주가 자리 잡은 장소.

그중에서도 구중심처라 불리는 만마전(萬魔殿)으로, 한자리에 모이기 힘든 내전(內殿)의 인사가 모두 모인 것이다.

"파천지로(破天之路)!"

"군림명운(君臨瞑会)!"

교주를 부르짖은 그들의 앞으로 하얗다 못해 창백하고 앙상한 청년이 검은색 교주의에 앉았다.

동시에 혈명회(血明會)의 회주인 철태진이 고개를 들었다.

혈명회의 실세이자 최고령인 그는 현 흑마궁 궁주의 부친이기도 했다.

"폐관을 마치신 것을 경하드립니다, 교주님."

교주는 조용히 흑요석 같은 눈동자를 빛냈다.

반쯤 풀어헤쳐진 용포와 권태로운 붉은 동공은 그의 감정을 쉬이 눈치채기 어렵게 했다.

혈교의 퇴각 직후 오랜 세월이 지나 마침내 마혼단의 전승이 끝난 것이다.

"태진."

"예, 교주님."

"내가 누구로 보이는가."

"만마의 주인이자 천하를 군림하실 교주님이 아니시옵니까?"

"당연한 것을 묻는 것이 아니다."

청년이 용포를 끌며 단상 아래로 내려왔다.

청년이 다가설수록 철태진은 눈에 이채가 흘렀다.

제왕지기의 강렬한 중압감을 제외하더라도 마주한 기도는 마치……

'돌아가신 전대 교주님 같지 않은가.'

웬만한 일에 눈 하나 꿈쩍하지 않는 노마(老魔)의 눈에 균열이 일었다.

'그럴 리 없다. 마혼단 때문에 비슷한 기운을 풍기는 게야.'

철태진은 마른침을 삼켰다.

마혼단은 역대 교주들의 내공과 심득을 삼키는 신단(神丹)

이다.

전대 교주의 희생과 수천의 피가 필요했다.

하지만 전대 교주는 실패했다.

가슴에 커다란 구멍이 뚫리고서도 수명을 이어 갈 만큼 인간을 초월한 생명력을 지녔으나 그는 결국 죽었다.

그 다음 대를 이은 분은 당연히 전대 교주의 그늘에 있었던 소교주, 야율광.

'그럴 리 없지. 암.'

철태진은 예민하게 곤두 선 생각을 억눌렀다.

그는 야율광이 서둘러 교주가 되기를 누구보다 바랐다.

독선적이었던 전대 교주와 달리, 야율광은 소통이 가능했고 교(敎)의 사정을 고려하여 결단할 줄 알았다.

씨익.

내려다보는 야율광의 입가에 미소가 드리워졌다.

"우습구나, 태진."

철태진은 말을 잇지 못하고 조용히 눈만 굴렸다.

그를 '태진'이라 편하게 불렀던 이는 단 한 사람, 야율초재밖에 없었다.

"세월이 네게 나에 대한 의심을 품게 한 것이 애석하나, 너는 그러지 말았어야 했느니라."

츠츠츠츳!

수라혈천기가 붉은 기류를 일으키며 철태진의 온몸을 옭

아매었다.

"무, 무슨 말씀이신지 도통……. 크읏!"

각마에 이른 고수임에도 야율광의 절대적인 무력 앞에서는 숨도 제대로 쉬지 못했다.

"사희."

"예, 교주님."

요마궁(妖魔宮)의 전대 궁주였던 팔십의 노파가 고개를 숙였다.

"놈이 야율광을 기다린 것이 개인의 영달이었느냐, 교를 위한 일이었느냐."

사희가 사이하게 미소 지었다.

"개인의 영달을 위함이었나이다. 그자는 철마궁의 궁주를 내세워 중원 군림을 미루자고 은밀히 제안하고 다녔나이다."

"그랬다는군, 태진."

철태진의 얼굴이 하얗게 질렸다.

이쯤 되자 느낀 것이다.

"설마…… 커헉!"

"그래, 이제 알아보겠느냐? 나는……."

철태진의 목을 한 손으로 움켜쥔 교주가 온몸에서 파괴적이고 광기 가득한 웃음을 흘렸다.

"너희들의 교주 야율초재이니라. 명한다, 의심했던 자들은 모조리 죽게 될 것이니라. 천하의 명운은 이 몸의 존재만으로도 충분하다."

친자였던 야율광의 몸을 빼앗은 야율초재가 다시 교에 군림하는 순간이었다.

～◇～

번쩍!

내부를 관조 중이던 악운이 눈을 부릅떴다.

온몸이 싸늘했다.

추워서 그런 것이 아니었다.

애당초 수화불침에 이른 악운에게 춥다는 표현은 옳지 않았다.

기분 나쁜 예감이 준 위화감 정도가 옳았다.

악운에게 있어 그런 위화감을 줄 만한 이는 단 한 사람밖에 없었다.

'현 교주가 폐관을 끝내기라도 한 건가?'

어쩌면 그럴지도 모른다.

세월이 많이 지났으니까.

악연도 강한 운명의 일부다.

혈교와의 마주침은 언젠가 이뤄질 일이었다.

머지않았다는 느낌이 강하게 들었다.

이미 천하는 크게 요동치고 있었고, 교주가 아끼는 교신(敎

蠱)을 얼마 전에 제거했으니까.

'나 역시 천휘성의 경지에 곧 도달해.'

한 번 현경에 올라 봤다고 해서 현경에 오르는 것이 당연한 것은 아니다.

수많은 운과 노력이 도와도 이르기 힘든 길이 현경이다.

그러나…….

화경의 끝자락에 선 지금부터는 한 번 올라섰던 그 경지에 대해 가늠 정도는 가능하다.

그리고 그 가늠에 따른 차이를 메우기 위해 무엇이 필요한 건지도 잘 안다.

'계기.'

계기는 다양하다.

다양한 상황, 즉 삶을 통해 온다.

그런 면에서 악운은 성장하기 위한 토양을 완벽하게 갖췄다.

몸은 궁극의 순정을 유지하면서 능력의 개화를 기다리고 있었으며 무공은 일계의 완성, 즉 우의 경지를 향해 가고 있다.

'진, 손, 이, 감이 자리를 잡았으니 이제 일계의 완성까지 남은 건…….'

건, 곤, 간, 태.

이 네 가지 방위의 기운이다.

이제 이 네 가지마저 자리를 잡고 나면 태양진경은 모두 완성되어 있을 것이고, 비로소 바라던 우(宇)의 첫발을 내디딜 수 있을 것이다.

악운은 초대 태양성인이 남긴 현언이 스쳤다.

─존재들을 이해하는 것. 그것이야말로 태양의 정수이자, 태양정의 시작점이니.

'만물을 이해하는 시작점. 그건 과거 천휘성과는 확연히 다른 길이야.'

무공을 위한 무공이 아니라 무공의 근원을 이해하여 무공을 관통하는 길은 그 깊이가 전혀 다르다.

다음 성장을 위한 악운의 수련은 점점 그 관조가 깊어졌다.

이번 폐관이 끝나고 나면 아마 전보다 더 현경으로의 길이 가까워졌으리라.

❧

악정호는 전서구를 받았다.

다리에 묶인 쪽지를 펴 보니 조 총관으로부터 온 서찰이었다.

-가주님의 소식을 듣고 얼마나 기뻤는지 모릅니다. 응당 그리로 달려가 얼굴을 뵙고 싶으나, 지금은 가문의 내실을 다지는 것이 중요하다 여겨 남은 일원과 후인 양성에 몰두하고 있지요. 최근에는 청년 가솔들의 유입이 많아지고 있고 기존의 대대로는 수가 부족하다고 판단하였습니다. 해서 가주님께 대대(大隊) 창설을 제안드리고자 합니다.

　"조 총관이 지학과 약관 사이의 청년들로 대대 창설을 하자는군. 상행(商行) 호위나 여러 무겁지 않은 임무들을 맡겨서 미리 강호 경험을 쌓게 하는 것도 나쁘지 않다고 말이오."

　악정호가 다 읽은 전서를 내려놓으며 호사량을 쳐다봤다.

　최근 바쁜 제녕의 일을 돕고자 악정호의 보좌를 맡고 있는 호사량이 희미한 미소를 보였다.

　"저 역시 같은 생각입니다. 수운상회까지 출범하여 최근 배 건조 의뢰가 벌써 물밀듯이 밀려오는 와중에 어린 가솔들로 하여금 경험을 쌓게 하는 것도 나쁘지 않겠지요."

　"악가운정대(岳家雲正隊)는 어떻겠소."

　"소가주의 이름을 따신 것인지요?"

　"알다시피 운이를 목표로 하여 정진하고 있는 가솔들이 많지 않소? 악가운정대에 속한다는 구체적 목표가 생긴다면 훨씬 더 정진하게 될 것이오."

　"현명하신 판단입니다. 그럼 대놓고 소가주의 이름을 딴 대대라고 공표하시는 것은 어떠십니까. 그러는 편이 사기 진작에 훨씬 도움이 될 듯합니다."

"그럽시다."

고개를 끄덕인 악정호는 자연스레 악운이 떠올랐다.

"그러고 보니 운이가 폐관에 들어간 지 꽤나 되었군."

"예. 제녕의 일이 어느 정도 자리를 잡아 가는 동안에도 나오지 않는 걸 보니 공부가 꽤나 길어지는 듯합니다. 하나 소가주는 늘 그랬듯 이번에도 가문을 꽤나 시끌시끌하게 할 겁니다."

악정호가 농담 삼아 반문을 던졌다.

"현경에라도 오른단 이야기요?"

"그럴 수도 있지요. 만약 그리되면 사상 최연소 현경의 고수를 보게 되는 것일 겁니다."

예상과 달리 진지한 호사량의 믿음 어린 말을, 악정호는 그냥 흘려들을 수 없었다.

딴 사람이었다면 헛웃음을 짓고 말았을 테지만 악운은 늘 상상 이상의 변화를 일으켜 왔다.

'녀석 이번엔 또 무엇으로 사람을 놀라게 할지……'

악정호는 내심 기대와 걱정을 동시에 느끼며 말을 이었다.

"시간이 지나면 알게 되겠지. 다음 안건으로 넘어갑시다."

"예. 얼마 전 가주님께서 자리를 비우셨을 때 남궁 소가주로부터 연통이 왔습니다. 오대세가의 회합을 통해 혈교 조사단을 창설하자는 안건에 동의를 얻었다고 합니다."

"잘되었군! 하면 구파일방 측에게 무림맹 회합 제안이 담긴 무림첩이 향한 것이오?"

"예, 조만간 오대세가, 구파일방이 모두 자리한 회합이 이뤄질 듯합니다. 중요 사안은 무림맹 재건을 비롯한 우리 가문과 청성 사이의 다툼이 될 거 같습니다만…… 청성은 아마 회합 전에 움직일 겁니다. 괜히 회합 이후에 움직이다가 연합의 명예를 무시하는 모양새가 될지도 모르니까요."

"하긴……."

악정호가 속도전을 택한 것도 청성의 움직임이 어디로 튈지 몰라서였다.

그도 그럴 게 청성은 이번 천룡채의 일로 인해 다음 세대로 향할 동력을 크게 잃었다.

대제자가 될 자질을 갖춘 청성팔검협(靑城八劍俠)의 황정과 남길을 잃었고, 주요 전력인 백운검수들과 벽송자를 잃었다.

하나 단순히 전력의 감소를 제외하더라도, 이젠 청성의 명예가 걸린 문제였다.

"그냥 넘어갈 리 없겠지. 우겨서라도 전력을 이끌고 우리 가문으로 향할 것이오. 물론 그래서 우리 역시 이 일을 건 분타주께 부탁드린 것이고."

악정호가 건봉효에게 부탁한 건 단 하나.

호사량의 눈빛에 날이 섰다.

"오대세가가 저희 가문과 청성의 일에 관망하기로 결정한 이상 구파일방도 그 일에 동조하기로 할 것입니다. 청성으로서는 당혹스럽겠지요. 주도하에 일어난 일이 아니라 그들의 움직임과 상관없이 문파대전의 장이 마련되어 가고 있으니……."

악정호가 동의하듯 고개를 끄덕였다.

"이제 판이 짜이고 있으니 남은 건 청성과 싸우는 일밖에 안 남았구려."

"예. 아마 저들도 다급히 선공을 펼치기 위해 전력을 구성하는 중일 것입니다. 장문인이 직접 움직일 가능성도 크지요. 하지만 청성은 최근 전력의 큰 손실이 있었기에 소가주가 없이도 충분히 해볼 만한 싸움입니다. 아니, 우리가 이길 수 있습니다."

호사량이 이렇게 확신하는 건 여러 가지가 이유가 있었지만 여러 큰 싸움을 겪으면서 잃은 것보다 얻은 게 많았기 때문이었다.

"우리는 이제 수로나 지상 어느 곳으로 향하든 그 어떤 가문이나 문파보다 빠르게 인력 배치가 가능해졌습니다. 천룡채와 싸우며 노획한 범선의 숫자는 말할 것도 없거니와, 오랫동안 삼당주가 준비해 온 역참과 그간 키우고 들여온 혈통 좋은 명마(名馬)도 가문의 일에 투입 중이지요. 더구나 모두가 성장했습니다."

강한 결속력으로 위기를 헤쳐 온 악가의 가솔들은 이제 전장을 경험한 무사들이 됐다.

여기에 이들을 이끄는 수장들의 실력은 각 파의 장로 수준 그 이상이 됐다.

악정호, 양경, 백훈 등 벌써 화경에 이른 자가 세 명이었고 악운은 벌써 남궁가 가주가 감탄할 만큼 더 높은 경지로 나아가고 있었다.

"어쩌면 청성은 전에는 원했던 이 문파대전을 이쯤 와서는 포기하고 싶을지도 모릅니다. 하지만 명예를 지킬 다른 방책 같은 건 생각나지 않겠지요. 설사 있다고 한들…….'"

악정호가 조용히 주먹을 말아 쥐었다.

"이미 늦었소."

얼마 후 제녕에 은밀한 손님이 소수의 수행원만을 데리고 찾아왔다.

악정호와 대면하기를 원한 손님은 호사량의 안내에 따라 장원의 구중심처로 안내됐다.

"차 한 잔 내드리거라."

"예, 부각주님."

시비가 물러간 후 호사량이 입을 열었다.

"가주께서는 바쁜 일로 출타 중이십니다. 전언을 남기시면 직접 전해 드리지요."

호사량의 이야기에 노일평의 눈에 이채가 흘렀다.

"악가의 기세가 하늘을 찌를 듯하군. 내 어디에 가서도 이런 대접은 받아 본 적 없네만."

"언제든 문파대전이 일 수 있는 급박한 상황인지라 미흡한 대접은 이해해 주시지요. 더구나 본 가가 이리 위기에 놓인 것이 노 대인 때문이 아닙니까. 축객령을 드리지 않은 것을 고맙게 여기시지요."

호사량은 담담하게 노일평의 말을 받아쳤다.

"아직 본 전장은 무너지지 않았네. 관계가 악화되어 봐야 좋을 것이 없을 터인데?"

"천룡채와 청성파의 습격을 동시에 견뎌 낸 본가입니다. 어설픈 협박은 통하지 않습니다."

"그래, 인정함세."

의외로 노일평은 순순히 호사량의 말을 받아들였다.

아니, 적진이나 다름없는 곳에 소수의 수행원만을 데리고 온 것부터 그의 의도는 모호해 보였다.

호사량의 눈빛이 가라앉았다.

"어떤 의도를 품고 계신지요."

"긴히 할 말이 있을 뿐이네."

희미한 미소를 흘린 노일평이 얼마 전 악가에서 내보낸 정현을 언급했다.

"정 단장이 죽었네. 사인은 상단 행수들의 배신이었네. 본 전장은 놈들을 엄벌하고 정 단장의 장례를 치러야 했지."

얼핏 깊은 우애를 가진 사이의 행동처럼 보이나 호사량은 그 일련의 과정 안에 담긴 의미를 금세 파악했다.

'우리 가문과의 거래를 의심한 오경회가 정 단장을 제거하고자 명분을 하나 만든 것이 틀림없다. 정 단장도 제거하고 그가 지니고 있던 재산도 서로 나눠 가진 것이야.'

심증뿐이었지만 돈이 최우선인 그들은 그러고도 남을 위인들이었다.

대화를 나눠 본 정현만 봐도 그랬다.

"그것이 우리 가문과 크게 상관이 있습니까? 우리 악가는 갑작스러운 습격에 대비해 정 단장님을 잠시 지켜 드렸을 뿐입니다. 게다가 상황이 끝난 후에 무사히 돌려보내 드렸습니다만."

"아아, 우리 우경전장과 악가 사이가 다시 불편한 요소 없이 깔끔해졌다는 것을 언급한 것일세. 정 단장과 천룡채가 사라진 지금…… 우리가 거래를 트지 않을 이유가 있나?"

"청성에서 가만있겠습니까?"

"이미 청성이 강호 내에 고립되기 시작한 지금, 악가의 전력이 청성보다 뛰어나다는 것은 내 누구보다 잘 아이."

호사량은 그제야 노일평이 어떤 의도로 여기까지 찾아왔는지 눈치챘다.

'청성을 버리고 우리 가문과 손잡겠다는 건가?'

호사량은 내심 헛웃음이 나왔다.

원수와 같던 우경전장의 갑작스러운 태세 전환은 분명 황당한 일이었던 것이다.

노일평이 넌지시 반문했다.

"당혹스럽나?"

"그렇지 않은 것이 이상한 일이지요."

"상인에게는 상리(商理)가 최우선이네."

"이익에 따라 움직이는 것이 상리라는 말씀이십니까?"

"그렇다네. 상인이 이익 말고 무엇을 따져야 하나?"

"제가 아는 상도(商道)와는 거리가 멀군요."

"나는 상도를 쫓지 않네. 상리를 쫓지."

"가주님께서 어떤 결단을 내리실지는 모르나 저는 썩 내키지 않는 제안이군요."

"그럴 줄 알았네."

"하면 우리의 마음을 동하게 할 다른 패라도 가져오신 것입니까?"

"그런 셈이지."

고개를 끄덕인 노일평이 기다렸다는 듯 말을 이었다.

"본격적으로 문파대전이 시작되면 청성에게 약조한 모든 지원을 끊을 것일세. 오랜 시간 청성은 본 전장의 지원을 당연시해 왔네. 당연했던 것이 사라진다? 아마 꽤나 큰 타격이 될 것이야."

"부족합니다."

"흐음, 욕심이 과하구먼그래. 이미 이것만으로도 악가는 피해를 크게 줄일 수 있을 걸세."

"아아, 그렇습니까."

별반 달라지지 않는 호사량의 태도에 노일평은 피식 웃었다.

"본 전장은 청성에만 그 연이 닿아 있는 것이 아니네."

"노 대인이 공동파에도 입김이 닿는다는 것쯤은 우리 역시 알고 있습니다. 하면 이건 어떻습니까? 청성의 일은 알아서 하시고, 보유한 염전 중 삼분지 일을 우리 악가에 넘기시지요. 진짜 동할 만한 제안은 이런 것을 두고 하는 말입니다."

노일평의 눈가가 씰룩였다.

호사량은 노일평이 그런 제안을 하지 못하리란 걸 알고 언급한 것이다.

그러나 노일평은 평정심을 유지하며 반문했다.

"그럼 악가는 우리에게 무엇을 줄 수 있나?"

"아무것도."

"뭐라?"

호사량이 그 순간 탁자를 세게 내리쳤다.

쾅!

"당신들이 천룡채와 청성을 지원하고 움직였다는 증거가

우리 손에 있소! 구파일방과 오대세가의 회합이 머지않은 지금, 이러고도 당신들이 무사할 것이라 생각하는가!"

밖에 있던 그의 호위들이 소란을 듣고는 노일평을 불렀다.

"단장님! 괜찮으십니까?"

"무사하십니까! 비켜서거라, 이놈들!"

하지만 그들은 방 주변을 틀어막고 있는 악가의 고수들에 의해 감히 접근하지도 못했다.

할 수 없이 노일평이 외쳤다.

"별일 없으니 소란 떨지 마라!"

그제야 밖의 소란이 잦아들며 호사량의 말이 이어졌다.

"잠시 흥분한 것은 용서하십시오. 결례를 범했습니다."

말은 공손했으나 호사량의 눈빛은 여전히 날카로웠다.

하나 노일평은 불리한 상황임에도 크게 개의치 않고 입을 열었다.

"본 전장을 무림 공적으로 만들고 싶은가 본데 그것은 쉽지 않을 걸세. 설사 그대들이 청성을 무너트린다고 해도 본 전장은 공동과 깊은 연이 닿아 있지. 하물며 본 전장의 금력으로 구파일방의 다른 문파들의 마음을 못 움직일 것 같나?"

"그래서 준비했습니다."

갑작스러운 호사량의 말에 노일평의 눈에 이채가 흘렀다.

"준비?"

호사량은 대답 대신 자리에서 일어나 벽 뒤쪽으로 통하는 반대편 미닫이문을 벌컥 열었다.

덜컹—!

그곳에는 놀랍게도 청성파 건복궁(建福宮)의 수장.

신학휘검(迅鶴揮劍) 벽오자가 눈을 반개한 채 앉아 있었다.

노일평의 눈에 처음으로 균열이 일었다.

'벽오자!'

신학휘검 벽오자는 얼마 전에 죽음을 맞이한 벽송자와 사형제지간이었다.

그랬기에 악가 내에서 그가 등장할 줄은 노일평조차 전혀 예상하지 못했다.

"크흐음……!"

벽오자는 늘어트린 흰 수염을 쓸어내리며 마주 앉아 있는 악정호를 쳐다봤다.

바빠서 출타했다던 악정호 역시 옆방에서 기척을 숨긴 채 노일평의 이야기를 듣고 있었던 것이다.

"가주의 말씀대로구려."

악정호는 고개를 끄덕인 후 쉽게 당혹스러움을 감추지 못하는 노일평을 쳐다봤다.

"아무래도 두 분 사이에 해야 할 이야기들이 많은 것 같소. 나는 이만 일어나 보겠소. 선배께서도 편히 쉬다 가시오."

"그러리다."

벽오자는 고개를 끄덕인 후 노일평을 차가운 눈길로 응시했다.

"청성을 배신했구려."

"오해요, 벽 장로."

"이미 전부 이야기를 들은 내게 그런 변명이 통하리라 보오?"

"그것은……."

"이곳에 그대가 올 줄은 몰랐소."

이미 엎질러진 물이라 판단한 듯 노일평은 뻔뻔한 얼굴로 말했다.

"청성 역시 악가에 고개를 숙이러 온 것 아니오?"

"고개를 숙이러 왔다? 천만에. 본 파는 악가의 서신을 받고 온 것이오. 그들이 그러더군. 청성이 믿었던 우경전장이란 작자들의 실체를 보여 주겠노라고."

"놈들이 내가 이곳에 올 줄 알았단 말이오?"

"지금 그게 중요한 것이 아닐 터!"

벽오자의 눈빛에 강한 기운이 실렸다.

서로 손을 잡은 두 집단 사이에 신뢰란 단어가 사라진 것이다.

"애초에 신뢰라는 것이 존재할 리 없었을 겁니다."

호사량이 악정호의 옆에서 걸으며 말했다.

밖을 빠져나온 두 사람은 가솔들에게 더는 두 사람의 일에 관여하지 말라고 하명한 후 잠시 장원 안을 거닐었다.

이 모든 계획의 시작은 유준과 호사량의 합작이었다.

"놀랍군. 정말 오경회에서 찾아올 줄이야. 두 사람의 말이 맞았구려. 대체 어떻게 안 것이오?"

"정현을 통해 우리는 저들의 심리를 대략적으로 예상할 수 있었고, 저들의 회합은 끈끈한 신뢰를 바탕으로 한다기보다는 이권에 따라 움직인다고 판단했습니다."

"제대로 적중했구려."

"예. 물론 청성의 장로가 우리가 의도한 대로 순순히 찾아와 줄 줄은 몰랐으나, 우리와 전면전을 치르기 전에 적아를 확실히 구분해 놓는 게 나을 거라는 심리가 작용한 듯싶습니다. 요행이 좀 따라줬습니다."

"그 요행을 적절한 시기에 활용할 줄 아는 것이 그대들의 실력인 셈이라오. 고생들 했소."

"아닙니다. 총경리의 공이 컸습니다."

"난 두 사람 모두 공이 컸다고 보오. 아무튼 일이 이렇게 된 이상 청성에서는 어찌 나올 것 같소?"

"우리에게 손을 내밀 것입니다. 사실 저들은 우리와 문파대전을 치르는 것이 부담스러웠을 터. 그런 상황에서 체면을 지키면서 문파대전을 멈추는 쪽을 고민하고 있으리라 봅니다."

"그런가……."

"아마 저들은 벽송자와 악가를 이간질 한 우경전장을 규탄하는 쪽으로 상황을 몰아갈 것이고, 우경전장은 공동파를 통해 이 상황을 저지하려 하겠지요. 하나 공동은 다른 문파나 가문의 눈이 신경 쓰여 이 일에 쉬이 나서지 못할 겁니다."

"결국 우경전장과 청성의 싸움이 되겠구려."

"예. 하나 여기서부터는 가주님의 뜻이 중요합니다. 가주께서는 청성과 문파대전을 하겠다고 하셨고, 이미 모든 준비를 마치셨습니다. 만약 청성이 손을 내민다면 이를 받아들이시겠습니까?"

호사량의 질문에 악정호는 수염을 쓸어내렸다.

'가솔들을 위해 어떤 선택이 나을 것인가?'

청성에 의해 많은 가솔이 죽었다.

그건 부정할 수 없는 사실이다.

하지만 천룡채의 전면전에 이어 청성과의 전면전이 시작된다면…….

'또다시 가솔들의 피해를 감수해야 해. 각지에서 가문의 가솔이 되고자 찾아오는 이들이 많아 인력이 보충되고는 있으나 반드시 싸우지 않고서 이기는 방법이 있다면 그쪽을 택하는 것이 낫다.'

악정호는 개인의 감정을 접어 두고 가솔을 위하는 쪽을 택하기로 했다.

"청성이 만약 그런 제안을 한다면 받아들이는 것이 나을 것 같소. 대신 청성과 우경전장 양쪽으로부터 이번 피해에 대한 확실한 보상을 받아야 할 것이오."

"예, 두 세력 모두 우리의 개입이 불편할 테니 우리에게 협조적으로 나오게 될 것입니다."

"물론 그럴 만한 제안이 왔을 때의 얘기겠지만 말이오."

"할 수밖에 없을 것입니다."

호사량의 담담한 대답에 악정호는 문득 궁금한 듯 물었다.

"내가 이런 결정을 내리란 걸 예상했소?"

"예."

"어떻게?"

"청성 이상으로 더 큰 싸움을 준비해야 한다는 소가주의 말을 허투루 흘리지 않으시리라고 생각했습니다."

호사량의 말처럼 악운은 폐관수련에 들어가기 전 가문의 수뇌부와 악정호에게 철홍으로부터 알아낸 사실들을 공유했다.

악정호의 마음이 복잡해지게 된 연유이기도 했다.

"그랬군. 그나저나…… 언제쯤 가문이 평온해지려나."

악정호는 쓰게 미소를 지은 후 어둑어둑한 밤하늘을 쳐다봤다.

가문이 재건된 지금.

아직도 넘어야 할 산은 많았다.

확장

악운은 폐관 수련 동안 창도, 검도 쥐지 않았다.

몸을 한계치까지 밀어붙이는 무공 수련 대신 생각에 잠겨 있는 시간을 훨씬 많이 가졌다.

하나 악운의 몸만이 고요할 뿐.

악운의 정신은 그 어느 때보다 치열하게 수련에 임하고 있었다.

화경이 무공을 통한 영육의 정립이었다고 한다면.

현경은 영육의 진화다.

영혼의 완성으로 영혼의 기운이 육체와 같이 흐른다.

심의일체(心意一體).

그리고 그것으로 향하기 위한 시작점이⋯⋯.

'이기어병(以氣馭兵).'

악운은 이를 이루기 위해 폐관을 시작했고, 그동안 건(乾)과 태(兌)의 기운을 일계 안에 확립했다.

그리고.

이제 점점 정했던 목표의 끝이 보이고 있었다.

'하늘을 이루는 건은 태양광력지(太陽光力指)에 의해 열리고, 늪지대에 스며든 태는 태양이월장(太陽裡月掌)을 통하여 충만해진다. 그렇게 두 개의 편이 완성되면……'

건과 태의 기운이 충만해지자 팔방 중 서쪽의 방위가 강성해졌다.

'주작의 광통(廣通)이 녹아들리라.'

뒤따라 악운의 두 눈에서 붉은 기류와 푸른 기류가 한데 뒤섞여 피어올랐다.

쿠쿠쿠쿠.

태양진경의 성장은 혼세양천공의 중재력을 강화시키고 나아가 혈(穴)의 안산(案山)을 일으키게 했다.

서쪽의 확장이 남쪽의 '이(離)'와 한데 어울려 주작이 깃든 안산(案山)을 일으킨 것이다.

그러자.

우백호, 좌청룡이 일계 안에서 안산을 감싸 안아 연결되었다.

쿠쿠쿠쿠!

일계에 또 다시 격변이 일었다.

쿵! 쿵!

내부에서 혼세오십문의 타동이 삽시간에 이뤄지고, 충만했던 내공이 전보다 비교도 되지 않게 증진됐다.

그것은 혼세양천공의 중재력으로 이어졌고, 중재력의 강화는 창을 향한 악운의 의지로 통했다.

그 의지는 어느 때보다 강렬하게 타올랐다.

화르륵!

의지가 형상화되듯 악운의 손끝에서 청염이 피어오르고, 빠른 속도로 앞에 놓인 그의 독문병기 주작으로 옮겨 붙었다.

'주작의 광통(廣通)이 우백호, 좌청룡을 혈(穴)로 통하게 하듯, 내 의지를 통하게 하는 매개가 되니.'

번쩍!

악운의 의지가 이어진 병기 '주작'에서 별안간 강한 빛이 터져 나왔다.

동시에 주작이 살아 있는 것처럼 허공으로 둥실 떠오른 찰나.

주작이 악운을 중심으로 빠른 속도로 사방을 날아다녔다.

쐐액! 쐐액!

그 속도는 악운이 직접 창을 휘두를 때보다 더 빠른 속도였다.

쾅!

가부좌를 틀고 있던 악운이 제자리에서 벌떡 몸을 일으키며, 주변을 휘도는 창을 따라 함께 유려한 움직임을 보여 갔다.

그건 한바탕 춤사위인 듯 보였으나.

그의 모든 일보(一步)에는 그동안 익혀 온 수많은 무공이 깃들어 있었다.

얼마쯤 흘렀을까?

쿵!

강한 진각과 함께 악운이 양손을 뻗으며 춤사위를 멈췄다.

주작 역시 호선을 그리며 다시 악운의 손안으로 회수됐다.

"후우, 후우……."

경이로운 기예였다.

폐관을 통해 마침내 이뤄 낸 것이다.

"이기어창이라……."

온몸이 땀에 젖어 있었지만 악운은 그 어느 때보다 활력 가득한 미소를 짓고 있었다.

이제, 천휘성이 말년에 이르러서야 닿았던 현경이라는 경지가 코앞에 있었다.

＊＊＊

폐관 수련을 마친 악운은 새 무복으로 갈아입고 부친을 찾앉다.

늦은 시각이었지만 악정호는 악운을 위해 늦은 밥상을 차렸다.

누구도 시키지 않고 직접 음식을 차린 것이다.

악운은 악정호의 깊은 사랑을 느끼며 젓가락을 들었다.

"잘 먹겠습니다."

"오냐."

악정호는 뜨는 둥 마는 둥 하며, 맛있게 먹는 악운을 조용히 지켜봤다.

젓가락을 뜨던 악운이 나직이 물었다.

"아버지는 안 드세요?"

"너 먹는 것만 봐도 배불러."

"바쁘실 텐데 뭐 하러 이렇게 힘들게 차리셨어요."

"힘들기는. 네 끼니 차려 주는 건 하나도 안 힘들다."

미소 지은 악운은 잠시 젓가락을 내려놓고 푸짐한 찬들을 내려다봤다.

"맛있는 찬을 보니 동생들 생각이 나네요. 못 본 지 너무 오래 됐어요."

"그렇겠지. 아비도 동평을 떠난 지 제법 되어서 그런지 벌써 눈에 아른거린다. 하물며 너는 가문을 떠난 게 나보다도 오래되었으니……."

"하지만 참아야겠지요."

담담한 악운의 대답에 악정호의 눈이 깊게 가라앉았다.

"당분간은 가문에 돌아가서 쉬지 그러느냐."

"청성의 일도 남아 있는 걸요."

"음…… 아직 못 들었나 보구나."

"그새 변화가 있었습니까?"

"있었지."

악정호는 간략히 청성과 있었던 일을 설명해 주었다.

그 얘기를 들은 악운이 조용히 고개를 끄덕였다.

"아버지께서 큰 결심을 하셨네요."

"네 생각은 어떠하냐?"

"현명한 판단을 내리셨다고 생각합니다. 설령 제 의견과 달랐어도 저는 아버지께서 결정하신 것에 지지해 드렸을 거예요."

"안 그래도 돼."

"네?"

"가주는 결정하는 자리지만 의견을 막는 자리는 아니지 않으냐."

"아버님의 말씀이 옳습니다."

악정호 말의 의미를 이해한 악운은 내색은 안 했지만 악정호가 자랑스러웠다.

가문이 성장한 만큼 악정호는 악진명 못지않게 악가의 가주로서 손색이 없는 인물이 되었다.

아니, 어쩌면.

'계기가 필요하셨던 건지도..'

악정호란 잠호(潛虎)는 이제 완벽히 천하를 호령하는 맹호가 된 것이다.

"이제 어찌하실 참이세요?"

악운이 다시 젓가락을 들며 물었다.

"당분간은 청성과 우경전장의 일을 지켜보며 가문의 내실을 다져야겠지. 청성에게는 이번 기회에 태양진경의 심득서를 포기하라고 할 참이다. 받아들일지는 모르겠으나 적어도 진본은 맹(盟)의 회합일에 소멸시키게끔 종용할 생각이다."

"저도 동의합니다. 청성이 대외적으로 태양무신의 심득서를 포기한다고 하면 그 여파 역시 상당하겠지요."

"그래. 그건 그렇고……. 음식 앞에서 제사 지낼 참이야? 얼른 팍팍 먹거라. 빼빼 말라서는…….."

"저더러 말랐다고 하는 분은 아버지밖에 없으실걸요."

"자식인데 그럼 어떡해? 그런데 운아…….."

악운이 오물거리며 대답했다.

"예."

"황보세가의 공녀는 안 보고 싶더냐?"

"콜록!"

삼키다 말고 사례가 걸린 악운이 가볍게 인상을 찡그리며 말했다.

"편하게 식사하라면서요!"

"편한 얘기인데? 아비가 아들의 연인이 될 여인을 궁금해 할 수도 있지. 원, 녀석, 호들갑은……."

악정호가 어깨를 으쓱였다.

즐거운 식사를 마친 후.

악운은 머물고 있는 전각으로 돌아오던 길에 그를 기다리고 있던 호사량과 조우했다.

"폐관에서 나오셨다는 이야기를 일찍 듣긴 했으나 바쁜 일을 처리하느라 늦었소. 성취는 있으셨소?"

"네. 어느 정도 원하는 목표는 이뤘습니다."

"얼마나 더 강해졌을지 가늠도 안 되는구려."

"과찬이십니다. 한데 제가 염려되어 오신 거라면 이리 뵈었으니 되었습니다. 제 걱정은 접어 두고 좀 쉬시지요. 피로해 보이십니다."

"됐소. 부각주의 삶이 그렇지. 잠깐 걷겠소?"

"그러시지요."

악운은 호사량의 제안으로 함께 장원 안을 거닐었다.

"최근의 일들은 가주님께 들었으리라 아오."

"예, 청성의 일과 주변 상황에 대해 들을 만큼 들었습니다."

"내 생각으로는 조만간 구파일방과 오대세가가 한데 모인 자리에 우리 가문 역시 초대될 가능성이 크오."

"아버님께서도 그 부분을 고려하고 계시더군요."

"소가주가 폐관에 나오기 전에 나눴던 이야기인데, 만약 그런 제안이 온다면 소가주가 가주님과 동행하는 것은 어떻겠소? 유명무실해졌던 무림맹 총산(總山)에 정파의 거인들이 모이는 것만으로도 유명한 동량들이 많이 모일 것이오."

"동량들이라……. 저더러 그곳에서 인맥이라도 쌓으라는 말씀이십니까?"

"그렇소. 향후 소가주에게 도움이 될 만한 인맥 정도는 구축해 두는 것이 낫다고 생각하오. 남궁가의 소가주가 도움이 되어 주리라 생각하오."

악운은 호사량의 말에 남궁진을 잠시 떠올렸다.

시간이 갈수록 속 깊은 호인이었으나 사실 남궁진의 첫인상은 독선적이고 무례한 모습이었다.

무공밖에 모르는 바보인 것 같기도 하다.

"정말 남궁가의 소가주가 제게 도움이 되리라고 생각해서 그러시는 겁니까?"

진지하게 묻는 악운의 표정에 무표정하던 호사량의 입가에서 너털웃음이 터져 나왔다.

"나 역시 그가 소가주를 도울 만큼 남과 어울리는 것에 능한 성정이 아니라는 것은 알고 있으나, 그래도 그는 오랜 시간 다양한 후기지수와 교분을 나누며 컸소. 세가나 문파 간의 회합을 오가며 맺은 인연이 많을 것이오. 그들을 소개받고, 대화를 나눠 보시오."

악운은 조용히 고개를 끄덕였다.

물론 전생의 천휘성이라는 것을 모르는 호사량의 입장에서는 자신이 삶의 시야를 좀 더 넓히는 쪽이 낫다고 판단했을 것이다. 하지만 악운에게는 이제 와서 삶의 시야를 넓히는 건 크게 중요하지 않았다.

그러나…….

맹 안에서 일정 세력을 구축해야 하는 건 동의한다.

내부를 단속해야 한다.

'석가장, 사천당가, 아미, 종남, 무당의 인물들이 혈교의 철홍과 깊은 거래 관계에 있었던 이상, 나 역시 그들에 맞서서 연합 관계를 구축해야 한다.'

악운은 철홍의 기억을 통해 정파 내부의 배신을 알게 됐고, 그들이 그간 혈교와 교류하며 많은 이권을 얻었다는 것도 깨달았다.

반쪽짜리 평화를 유지하고, 혈교가 얻은 전리품들을 나눠 가진 것이다.

적아가 완벽히 구분되는 순간이었다.

해서 악운은 이번 회합을 통해 남궁가에도 이 사실을 알릴 생각이었다.

개방의 건 분타주도 현비와 함께 그 자리를 찾을 테니까.

'믿을지는 모르겠지만.'

아마 그들 역시 쉽사리 믿지 못할 게 분명했다.

하지만 반드시 넘어서야 하는 산이었다.

"부각주님의 의중은 충분히 이해했습니다. 그리하도록 하지요."

"잘 생각하셨소."

"그나저나 앞으로 우경전장이 다른 얄은수를 쓰지는 않을까요?"

"너무 염려 마시오. 이번 일로 가솔들이 강하다는 걸 새삼 알지 않았소? 청성이 우리와 거래를 시작한 이상 우경전장 단독으로는 끄떡도 없소. 더구나 우경전장 역시도 청성과 우리의 결속을 막고자 우리에게 염전과 토지를 내줘야 할 상황이오. 아마 골치 좀 아플 것이오. 아, 그리고……."

"예."

"우경전장이 빈틈이 생긴 것을 보고 총경리가 따로 움직이기 시작했소."

"빈틈이라면 어떤……?"

"호북성의 염전 사업을 비롯해 우경전장이 주로 맡고 있던 다양한 운송 사업의 이권을 물밑에서 빠른 속도로 삼켜 가는 중이오. 단순하게 생사를 가르는 것만이 승리가 아니오. 놈들을 이기는 진짜 승리는 그간 놈들이 쌓아 올린 금력을 빼앗는 것일 테니까."

호사량의 말대로 악운은 우경전장의 일을 더 이상 신경 쓰지 않기로 했다.

따로 떨어져 있던 가솔들을 가문 아래 모이게 한 이유가 무엇이었던가.

바로 한 손이 열 손을 감당할 수 없기 때문이었다.

경지와 별개로 싸움은 다양한 형태로 다양한 곳에서 벌어진다.

그 모든 곳에서 승리하고, 가문의 평안을 지켜 내려면 가솔들이 필요했다.

'기틀을 갖춘 거야.'

이제 가문의 싸움은 악운이 모든 싸움에 나서지 않아도 다양한 곳에서 이뤄지고 있었다.

악운은 그저 소가주로서의 소임만 해 나가면 되는 것이다.

"알겠습니다. 부각주의 말씀대로 우경전장의 일을 신경을 끄도록 하지요."

"좋은 생각이시오. 그보다 소가주가 신경 써 줘야 할 다른 일이 있으니까."

"그게 무슨 일이지요?"

청성과 우경전장의 일이 어느 정도 마무리되어 가는 지금, 악운은 어떤 일에 자신이 필요한지 꽤나 궁금해졌다.

호사량은 뜸 들이지 않고 곧장 말했다.

"이번 천룡채의 일이 혈교와 연관이 있다는 이야기를 듣고, 그간 우리가 거쳐 온 일들을 고려해 봤소. 맨 처음 소가주가 혈교의 흔적을 찾은 건 동평이었지. 맞소?"

"예, 아라륙보권을 비롯한 두 종의 마공서가 시작이었지요. 그다음은⋯⋯."

"독야문이었소. 그 후에 대총문을 거쳐 여기 천룡채까지 이어졌지."

"연관성이 있습니까?"

"추측일 뿐이지만, 확인해 보고 싶은 것이 생겼소. 놈들의 흔적이 발견된 곳은 여기 산동성과 강서성이었소. 천룡채의 근거지 역시 남궁가의 안휘성을 제외한 구역이었지."

"정파의 눈을 피했다고 보시는 것입니까?"

"소가주가 그랬잖소. 정파의 거인들 중 일부가 혈교와 암묵적인 거래를 하고 있다고. 물론 이를 언급한 혈교의 인물은 죽었지만."

"예."

"그럼 이렇게 생각해 볼 수도 있소. 정파의 거두들이 일정 지역을 놈들의 활동지로 인정해 줬다면?"

"그들의 소굴이 있을 수도 있다는 것입니까?"

"그렇소. 놈들이 굳이 천룡채에 지원을 아끼지 않았다는 것을 고려하면⋯⋯ 놈들이 후일 전초기지로 사용할 만한 성은 두 가지 조건이 충족되어야 하오."

악운은 스쳐 가는 생각을 언급했다.

"수로와 맞닿아 운송이 편해야 하고, 정파 세력의 중심지 와는 거리가 떨어져 있어 움직이기 편한 곳이겠지요."

"정파의 중심지는 보통 하남성 혹은 사천성을 얘기하고는 하지. 맹 역시도 하남성에 세워졌으니…… 그럼 놈들이 있 을 만한 곳은 하나밖에 없소."

악운이 눈을 빛냈다.

"절강성."

"내 말이."

호사량이 씩 웃었다.

그 얘기를 들은 악운은 호사량이 절강성에서 또 어떤 지역 을 선별했는지 궁금해졌다.

"어느 곳을 탐색하기로 결정하셨습니까?"

"등잔 밑이 어두운 법 아니겠소? 절강성 하면 항주지."

"항주라……."

"항주는 향락의 도시인만큼 많은 인파가 몰리는 곳이오. 하루에도 수많은 기루와 객잔이 생기고 사라지지. 번잡한 곳 일수록 은밀히 숨기에 좋은 법이오."

악운은 조용히 고개를 끄덕였다.

호사량의 말대로라면 충분히 조사해 볼 만한 가치가 있는 일이었다.

"문제는 지역 선정 이후 혈교의 흔적을 어떻게 찾느냐요."

"생각해 놓은 방안이라도 있으십니까?"

"음…… 놈들은 이번 일로 결국 중원의 눈에 확실히 띄게 됐소. 천룡채에 놈들의 개입이 있었음을 들킨 것만으로도 놈들은 더 이상 두고만 보지는 않을 것이오. 전면전이 될 수도 있지."

"그들이 정파인과의 밀약을 무시할까요?"

"혈교는 약조 같은 것에 발목을 잡힐 자들이 아니라 들었으니까."

악운은 그 이야기에 대해 공감했다.

철홍의 정보는 어디까지나 철홍의 입장일 뿐이다.

결국 혈교의 향방을 결정하는 건…….

'교주의 뜻.'

교주는 다시 중원 침략을 시작할 수도 있다는 뜻이다.

"해서요?"

악운의 반문에 호사량이 담담히 말을 이었다.

"산동상회의 도움을 받아 항주 내에 자리 잡은 상단들과 작은 회합을 가질 생각이오. 상선이 오갈 교통이 열린 마당에 현재 산동상회와 거래를 트고 싶지 않은 상단은 없을 것이오."

"상단과 혈교가 무슨 관련이 있습니까?"

"상단보다 정보에 빠른 자들은 없소. 총경리만 봐도 그렇지. 우린 그들을 통해 의심스러운 상단이나 표국은 없는지 동태를 살펴야 하오. 이를테면 받은 의뢰는 많지 않은데 장사를 접지 않고 유지하는 중소형 표국 같은 곳들 말이오."

"호오……."

악운은 진심으로 감탄했다.

가문이 커질수록 호사량의 지략은 점점 빛이 났다.

상황을 다방면으로 파악하고 이용할 줄 아는 것이다.

"상단들과의 회합을 통해 필요한 정보를 얻는다?"

"그렇소. 정보를 얻은 후에는……."

"수색해 봐야겠지요."

"아마 놈들 역시 벌써 우리가 놈들의 근거지까지 노리고 있을 줄은 꿈에도 모를 것이오. 설사 우리의 생각이 맞지 않더라도 항주행은 의미가 깊소. 절강성까지 상회의 영향력이 뻗친다는 의미니까."

악운도 동의했다.

부각주 말대로 제녕과 항주의 모든 항구를 정파의 영향력 아래에 두는 건 멀리 보면 당연히 해야 할 일이었다.

"되도록 빨리 움직이시지요."

"이미 소가주가 폐관에 나오기 전에 장 회주께 말씀드려 놨소. 일정은 이미 세워졌으니 소가주만 동행하면 되오."

"제가 동의하리라 예상하셨군요."

"소가주니까."

호사량의 대답에는 악운에 대한 진한 신뢰가 담겨 있었다.

다음 날 악운은 악가뇌혼대와 호사량으로 이뤄진 일행과 항주로 떠났다.

백훈, 호길, 서태량, 금벽산이 합류한 것이다.

"……요즘엔 시간이 어떻게 가는지 모르겠다니까."

앞장서서 말을 모는 백훈의 말에 서태량이 동의했다.

"그러게 말이오. 전투에 수련을 반복하다 보니 벌써 가을이 오는 것 같소."

또 한 해가 지고 있는 것이다.

듣고 있던 악운이 입을 열었다.

"아마 앞으로는 더 빨리 가는 것처럼 느껴질 겁니다."

그러자 서태량이 씨익 웃었다.

"그럼 시간을 쪼개서라도 수련을 해야겠습니다."

호길이 동감했다.

"저도요. 이번 일을 겪으면서 정말 많이 부족하다는 걸 느꼈어요."

"그래, 검을 휘두르는 걸 보니 누가 가르쳤는지 많이 어설프던데?"

백훈의 이야기에 나란히 말을 이동하던 호사량의 이맛살이 찌푸려졌다.

"아하, 부각주님이 가르치셨나?"

"어설픈 도발을 하는 걸 보니 길이의 실력이 감탄스러웠나 보군. 걱정 말거라. 네놈에게 길이를 안 맡긴 덕택에 문무겸 전의 고수가 될 터이니. 머저리 같은 놈. 쯧쯧."

"내가 머저리라 부르지 말랬지?"

"머저리를 머저리라 부르면 안 되나 보군."

"이 빌어먹을 문사 놈이……!"

기다렸다는 듯 티격태격하는 두 사람을 보며 호길이 난감한 표정을 지었다.

"하하…… 그만들 하시지요."

금벽산이 피식 웃었다.

"됐다. 신경 끄거라. 하루 이틀도 아닌걸, 뭘. 으하하, 안그렇소, 소가주?"

"예, 친해지는 과정 아닙니까?"

악운의 담담한 대답에 금벽산이 잠시 웃음을 멈추고 말했다.

"대체 언제까지 말이오? 이제 충분히 친해진 거 같은데."

악운은 만면에 미소를 머금는 것으로 대답을 대신했다.

사실 일행 모두 호사량과 백훈이 어느새 끔찍하게 서로를 위한다는 정도는 알고도 남았다.

아니, 그것을 떠나서 두 사람의 교류는 서로의 삶에 많은 영향을 끼쳤다.

그 결과로 인해 백훈은 화경에, 호사량은 이화접목의 묘리를 보태면서 최절정에 이르렀다.

악운은 앞으로도 두 사람의 관계가 지금처럼 서로에게 도움이 되길…….

"닥쳐! 당장 혀를 뽑아 주마!"

"오냐! 네놈이 오늘도 칼만 믿고 설쳐 대는구나!"

악운은 조용히 말을 몰아 앞으로 갔다.

상대에게 마음을 쓴다고 해서 다 친한 건 아닌 듯했다.

얼마 후 항주에 도착한 악운 일행은 타고 온 말들을 근방에 있는 소규모 마방(馬房)에 비용을 내고 맡겼다.

항주의 풍취는 유려했다.

남쪽으로 자리 잡은 운하와 전당강을 끼고, 서쪽에 아름다운 서호가 있는 빼어난 산수의 고도(古都).

풍류를 찾는 수많은 객(客)이 예로부터 항주를 보며 감탄했다는 이야기는 결코 틀리지 않았다.

"그런데 구파일방이나 오대세가는 왜 이런 아름다운 곳에 자리를 잡지 않았을까요?"

호길이 길을 걸으며 물었다.

"……그간 수로나 강이 수적들로 인해 어수선하기도 했고, 과거 혈교가 이곳을 쑥대밭으로 만든 전적이 있어서 그럴 게야."

"아아……."

호사량의 설명에 고개를 끄덕인 호길은 조용히 주변을 둘러봤다.

도심은 외곽은 전장의 흔적 때문인지 부서진 곳이 제법 있었지만, 객잔이 몰려 있는 저자에 들어서자 과거 전쟁의 흔적은 온데간데없이 사라지고 없었다.

"와아……."

감탄이 나올 만큼 사방 가득한 인파에, 노점에…… 그리고 잘 정비되어 있는 관도까지 완벽했다.

사실 호사량의 말이 아니었다면 혈교가 이곳을 쑥대밭으로 만들었다는 말이 믿기지 않을 지경이었다.

그 순간 한 노인이 다가왔다.

"이곳을 터전으로 삼고 사는 이들의 합심 덕분이 아니겠소?"

호사량이 대표로 물었다.

"어르신은 누구십니까?"

"아, 소개가 늦었소. 나는 내일 그대들을 뵙기로 한 평호상단의 단장, 은평조라고 하오."

이번 회합의 책임자를 맡기로 한 호사량은 회합에 참여하는 주요 상단의 인물 이름 정도는 확실히 숙지해 두고 있었기에 가장 반응이 빨랐다.

"은 대인이시군요. 장 회주님으로부터 말씀 많이 들었습니다. 이번 회합의 책임자를 맡은 호사량이라 합니다."

"이미 호 대협의 명성은 익히 들어 알고 있소. 문무 최고의 겸장이라며 회회검사라 불리시지 않소?"

"풉……! 회회검사……?"

뒤에 있던 백훈은 호사량의 별호가 웃겼는지 억지로 웃음을 참았다.

금벽산이 호사량을 대신해 백훈의 어깨를 툭 쳤다.

공식적인 자리에서 웃지 말라며 주의를 준 것이다.

'후우, 저놈이…….'

애써 참을 인 자를 세 번 새긴 호사량은 다시금 은평조와 대화를 나눴다.

"우리가 도착하는 걸 미리 알고 계셨습니까?"

"아, 그런 건 아니오. 그저 지나는 길에 이미 용모파기로 접한 부각주의 얼굴을 알고 있기에 찾은 것이라오. 방갓을 쓴 다른 분들은 일행인 것이오?"

"예, 호위를 맡아 준 가솔들입니다."

호사량은 방갓을 쓰고 있는 다른 일행은 일부러 짤막하게만 소개했다.

굳이 누구와 동행했는지 대놓고 떠들어 댈 필요는 없었다.

"그러셨구려. 하면 일찍 도착하셨으니 며칠 정도 머물 곳이 필요하지 않으시오?"

"아, 예. 그렇긴 합니다만……."

"그럼 내 소유의 장원이 있으니 괜찮으시다면 그곳에서 잠시 머무시는 것은 어떻소?"

호사량은 크게 고심하지 않았다. 어차피 이번 회합은 혈교의 근거지를 찾는 것이 주된 목표일 뿐.

항주 상단과의 회합은 앞으로 항주로 진출할 산동상회를 위해 친분을 쌓는 자리 정도였다.

그의 호의를 받아들인다고 나쁠 건 없었다.

"자, 그럼 이쪽으로."

"예, 고맙습니다."

호사량과 일행은 은평조가 안내에 따라 발걸음을 옮겼다.

그때였다.

조용하던 악운으로부터 전음이 들려왔다.

-감시가 있습니다.

호사량은 표정에는 한 점의 변화도 없이 악운으로부터 들려오는 전음에 응했다.

-감시라니, 누군가 우리를 따라붙고 있다는 뜻이오?

-우리를 향한 감시가 아닙니다.

-그럼?

악운은 대답 대신 앞장서서 걷고 있는 은평조의 뒷모습을 응시했다.

소수의 호병들과 함께 이동하는 은평조는 항주가 처음인

호길을 손자 대하듯 따뜻하게 대화를 나누고 있었다.

-은 대인이 감시를 받고 있다는 것이오?

-예, 그러지 않고서는 그와 대화를 나누자마자 우리에게 감시가 붙을 일이 없습니다. 아무래도…….

-아무래도?

-은 대인이 우리와 접촉한 것이, 단순하게만 볼 일은 아닌 듯하군요.

호사량의 눈빛이 깊게 가라앉았다.

-설마 우리가 목적으로 한 일과 관련이 있을 수도 있다는 뜻이오?

-모든 것이 추측일 뿐이니 당장은 어느 것도 확신할 수는 없겠지요.

악운과의 전음은 그것으로 끝났다.

호사량은 나란히 걷는 악운에게 넌지시 입을 열었다.

"……한번 두고 봅시다."

❧

장원의 객방(客房)에 짐을 푼 일행은 악운의 방에 모였다.

방금 전 있었던 일을 논의하기 위해서였다.

백훈이 의아한 표정을 지었다.

"나도 기척을 못 잡는 화경의 고수가 은 대인을 따라붙는

다는 거야?"

악운이 담담히 말했다.

"동수 혹은 그 이상의 고수가 작정하고 기운을 감춘다면 가능해. 반박귀진에 이르렀다면 말이지."

백훈이 인상을 구겼다.

"자존심 상하네."

"그럴 거 없어."

듣고 있던 호사량이 나직이 물었다.

"한데 소가주는 어떻게 알아낸 것이오?"

악운이 담담히 대답했다.

"기운을 감춰도 희미하면서도 미세하게 느껴지는 특유의 기도가 있습니다. 주의를 기울이면 찰나에도 눈치챌 수 있습니다."

그건 일종의 직감이었다.

현경을 앞두고 있는 악운의 예민한 감각이 반사적으로 상대의 희미한 기도를 읽어 낸 것이다.

"결국 소가주가 아니라면 못 읽어 냈을 거란 소리 같구려."

백훈이 다시 물었다.

"그래서, 그놈이 나보다 강하단 말이지?"

"머저리 같은 놈. 말귀 참 못 알아듣는군. 주의를 기울였어야 한다지 않느냐. 실력의 문제가 아니라 항시 얼마나 긴장하고 주변을 관찰하느냐의 문제라는 게지!"

백훈이 심드렁한 눈빛으로 호사량을 쳐다봤다.

"그래서……."

"그래. 이제야 이해했더냐?"

"그놈이 나보다 강하다고?"

재차 묻는 백훈을 보며 호사량이 손으로 이마를 짚었다.

"하이고, 어머니."

"갑자기 엄마는 왜 찾고 난리야?"

진짜 이해가 안 된다는 듯 어깨를 으쓱이는 백훈을 향해 서태량이 고개를 절레절레 저었다.

"형님, 사람이 저렇게 다를 수가 있소?"

"그래서 삶이 재미있는 것 아니겠느냐."

금벽산이 껄껄 웃음을 터트렸다. 그렇게 화기애애(?)해진 분위기 속에 호사량이 말을 이었다.

"어쨌든 반박귀진에 이를 만큼 강한 고수라는 것인데…… 내가 알기로 항주에 그 정도의 고수가 머문다는 정보는 없었소. 희한한 일이군. 설마……."

백훈이 까칠하게 돋은 수염을 쓸어내리며 말했다.

"혈교일 수도 있겠어. 그놈을 쫓아 보는 건 어때?"

호사량이 고개를 저었다.

"경거망동할 일은 아니다. 상단의 이권 다툼으로 인해 개입한 고수일 가능성도 높아. 우선 우리는 우리 계획대로 움직이는 편이 낫다. 우선 회합을 성공적으로 마치는 것이 옳아."

가만히 듣고 있던 악운이 동의하듯 고개를 끄덕였다.

"부각주의 말씀대로 하는 것이 낫겠습니다. 게다가 그 감시자의 감시를 은 대인이 암묵적으로 동의하고 있을 가능성도 있으니까요. 우리가 필요한 정보를 얻어 낼 때까지 분란을 일으키지 않는 편이 낫습니다."

백훈이 볼을 긁적이며 투덜거렸다.

"뭐가 그렇게 복잡한지, 원."

서태량이 웃으며 말했다.

"낭인으로 살면서 이런 귀계에 익숙해졌을 터인데 뭘 그러시오?"

"성미에 안 맞아. 쯧! 그래도 뭐······."

백훈이 눈을 빛냈다.

"하나씩 진행하다 보면 혈교 놈들도 꼬리를 드러내겠지. 기대되네."

이미 천룡채의 일들로 인해 혈교에 화가 잔뜩 나 있는 백훈이었다.

෨

늦은 밤.
은 대인은 호사량과 차를 나눴다.

"머무시는 데 불편하지는 않으시오?"

"예, 덕분에."

차를 홀짝인 호사량은 찻잔을 내려놓으며 말했다.

"그래, 산동상회의 장 회주께서 항주의 다양한 사업 진출에 관심이 있으시다고?"

"예, 장 회주께서 약소한 선물과 함께 미리 그 내용을 담은 서찰을 보내신 것으로 압니다."

호사량의 말처럼 장 회주는 악운 일행이 도착하기 전에, 미리 사람을 보내 항주 일대를 주름 잡은 상단 몇 곳과 친분을 쌓아 뒀다.

그 후에 그들을 다리 삼아 항주 주요 상단들과의 회합 일정을 잡은 것이다.

은 대인 역시 그중 한 사람이었다.

"허허, 맞소. 귀한 약재들을 보내셨더이다. 감사히 잘 쓰고 있소이다."

"그러셨다니 다행입니다."

미소로 화답한 은 대인은 서찰의 내용을 언급했다.

"서찰에 담긴 장 회주의 뜻은 어느 정도 이해했소. 항주 부근 서호에서 재배하는 용정차 사업에 무척이나 관심이 있더구려."

"예, 서호에서 재배하는 최상급의 찻잎은 황제에게 진상될 만큼 귀하지요. 모든 상단은 그 차의 이권에 관심이 있을 것입니다."

"최근 수로를 장악했던 천룡채를 몰아낸 산동악가라면 응당 이권 경쟁을 하고 싶겠지. 하나 우린 모두 그 부분을 걱정하고 있소. 아마 회합이 진행되면 얘기가 나오겠지만, 사실 서호에서 차나무가 재배되는 지역은 한정적이오. 용정차 제조에 알맞은 찻잎을 서호 호포천의 물로 재배할 수 있기 때문이지."

"그렇군요."

"그리고 이번 회합에 오는 모든 상단들은 그중에서도 나를 포함해서 땅만 소유하고 있을 뿐이오."

"천(川)의 물에 소유권이라도 있다는 말씀이십니까?"

"있소. 우린 매해 그 물을 쓰는 대가로 용정차 수익의 칠 할을 내놓아야 하오. 하나 객잔 운영 혹은 장원 임대가 아니라면 용정차에 대부분의 수익을 기대고 있는 실정이니, 포기할 수 없는 일이지."

"수적이나 다를 바가 없는 행태군요. 대체 어느 집단입니까?"

"흐음, 백명표국이라는 자들이오. 천룡채와도 끈이 닿아 있는 것으로 추정되오. 그 국주는 사천당가와도 친분이 있소."

"표국이라……. 상단이 아니기에 장 회주님의 서찰은 받지 못했겠군요."

"그렇소. 대신 회합에 참석하기로 한 우리들을 한데 모아 이렇게 얘기하더군. 악가 측의 제안을 모두 묵살하라고. 심지어 우린 그들에게 자주 감시를 받소. 이 만남 역시 위험을 무릅 쓴 것이지."

호사량의 눈빛이 날카로워졌다.

"한데 우리에게 이런 호의와 함께 이리도 중요한 말씀을 해 주시는 이유가 무엇입니까? 그간 강제적으로 이권을 빼앗겨 왔다면 그들이 두려우실 텐데요."

"천룡채가 무너졌다는 소식에 무척 놀랐소. 그리고 그 일을 악가가 해냈다는 사실에 한 번 더 놀랐소. 악가는 불과 얼마 전만 해도 강호에서 사라진 가문 취급을 받고 있지 않았소이까."

"예, 그랬지요."

"그 모든 것이 의협심이 발단되었다는 이야기를 들었을 때, 악가야말로 현재 항주 상단의 상황을 가장 잘 이해할 만한 가문이라 보았소."

호사량은 크게 뜸 들이지 않고 입을 열었다.

"당장 제가 결정할 수 있는 권한은 아무것도 없습니다. 아시다시피 저는 현재 항주 상단 단장님들의 현 사정을 듣고, 서로 이익이 될 만한 사업들의 이야기를 장 회주께 전하는 일을 할 뿐입니다."

"그러시구려. 하긴 무리한 일일 수 있겠지."

은 대인의 눈에는 실망한 기색이 역력했다.

"한데 여쭤보고 싶은 것이 하나 있습니다. 이곳을 거쳐 간 여러 문파나 가문에 도움을 청할 생각은 안 해 보셨습니까?"

"해 봤지. 청성파의 백운검수들에게. 오대세가 중 하나인 팽가에도 서신을 써 봤소."

"어찌 됐습니까?"

"팽가에서는 답신이 오지 않았고, 청성파는 개입을 꺼렸소. 이유는……."

수염을 쓸어내린 은 대인이 나직이 말을 이었다.

"그들이 사천당가와 연이 닿아 있어서였소."

"사천당가……."

호사량이 가볍게 눈살을 찌푸렸다.

혈교와 관련이 있을 거라며 악운이 언급한 집단 중 하나가 이곳, 항주에서 언급된 것이다.

⟡

"예상이 점점 맞아떨어져 가고 있소."

호사량은 새벽녘 악운의 방을 찾아 은 대인과 나눴던 이야 기를 전했다.

"크게 외부 사업이 없는 집단이면서 동시에 항주 안에서만 활동하는 표국이라……. 우리가 언급했던 모든 조건에 들어 맞는 곳이오. 게다가 이제까지 해결하지 못했다는 것도 충분히 이해가 갔소."

"예. 그 정도 뒷배라면 누구도 쉬이 이 일에 개입하기는 어려웠을 겁니다. 각자의 이권 사업에 크게 개입하지 않는 것이 천하의 평안을 유지하는 길 중 하나이니까요."

"하면 소가주가 느꼈다는 그 고수가 혹여 사천당가의 일원일 것 같소?"

"가능성이 없진 않습니다. 하지만 당장은 혈교의 인사 측일 가능성이 더 높아 보이는군요. 확인해 봐야 알겠지요."

"은 대인께는 우선 돕겠다는 말을 잠시 보류했소. 괜히 우리 가문이 나섰다는 소문이 돈다면 놈들이 곧장 경계 태세에 나설 수도 있으니……."

"옳은 선택이십니다."

"하지만 걱정이오, 이리 나서도 괜찮을지."

"무엇이 심려되십니까?"

"사천당가가 아무리 혈교와 거래를 했다는 증거를 잡았다고는 하나, 그건 어디까지나 심증일 뿐인 우리 주장이잖소. 오히려 우리의 행동이 순탄히 진행되고 있는 무림맹 연합 계획을 흔들어 놓을 수 있소."

"사천당가와 연이 닿는 자들을 습격함으로 인해서요?"

"그렇소."

"저는 반대로 생각합니다. 사천당가가 혈교와의 관계가 있음을 증명할 수 있게 된다면, 맹의 결속에 더 힘이 실릴 겁니다."

"서로를 의심하다 결렬될 가능성은 어째서 제외시키시
오?"

"사천당가가 자신들을 돕지 않았던 세력을 가만 두실 것
같으십니까? 만약 그들이 정말 혈교와 연관이 있음을 우리
가 밝혀낸다면……."

"그렇다면?"

"사천당가는 모든 진실을 밝히고 자신들과 손을 잡았던 이
들과 연맹을 맺을 겁니다. 다른 정파 세력과 척지더라도요.
공적이 될 바에는 그 편이 낫지요. 그리되면 우린 애쓰지 않
더라도 정파의 환부를 도려낼 수 있을 겁니다."

호사량의 눈빛이 어두워졌다.

"정파 사이의 내전(內戰)이 일겠군. 서로 힘을 합쳐도 모자
란 마당에……."

"제대로 무림맹을 재건하기 위해서는 반드시 넘어야 하는
산입니다."

"그런 일을 그리 담담히 얘기하는 것도 능력이외다. 대체
소가주는 어디까지 고려하는 것이오?"

악운은 소슬한 가을바람을 느끼며 대답했다.

"혈교와의 영원한 종전. 그게 제가 보고 있는 미래입니
다."

"잘하는 일인지 모르겠소."

호사량의 걱정에 악운이 쓰게 웃었다.

"정답을 누가 알겠습니까? 그저 최선을 다할 뿐."

❧

달빛이 스며든 방 안에서 한 노인과 청년이 김이 나는 차를 두고, 이야기를 나누고 있었다.

반백 노인이 섬섬옥수의 손을 뻗어 차를 마셨다.

젊을 적 옥석을 빚은 듯 잘생겼을 것이라는 소리가 절로 나올 만큼 이목구비가 자로 잰 듯 완벽했다.

하지만 다가서기 쉬워 보이는 인물은 아니었다.

범접하기 힘든 예리함이 노인의 분위기에 스며 있었다.

"최상급 품질의 용정차일세. 당가에서도 보기 힘들 터이니 마셔 두게."

노인이 마주 앉은 청년에게 차를 권했다.

"괜찮소."

"당가의 소가주가 이리 은밀히 나를 찾아 올 만큼 당가가 급했나 보군."

"산동상회 측에서 항주를 기웃거린단 얘기가 들려 찾은 것이오. 최근 천룡채의 일을 그냥 무시할 수는 없지 않소? 그대들의 실패로 인해 내 아버님께서는 아주 불편해하시오. 이 일로 인해 본가와 그대들의 협력이 드러나기라도 한다면……."

노인은 철부지를 바라보는 듯 피식 웃음만 지었다.

하나 서른이 넘은 당청도 마냥 철부지는 아니었다.

그는 기분 나쁜 기색을 드러내지 않고, 당가 특유의 무미건조한 표정으로 의자에 등을 기댔다.

"그간의 평안은 혈교 홀로 잘해서 이뤄 낸 것이 아니오. 우리의 협조가 있었기에 가능했던 것이지. 그리고 그 협조는 그대들의 일처리가 나쁘지 않았기에 가능했던 일이오. 한데 지금은……."

"이보게, 소가주."

"듣고 있소."

"위기를 기회로 만드는 일은 소가주의 임무가 아닌가?"

"그게 무슨……."

"지금 사태를 이 지경까지 몰고 온 것이 대체 누군가?"

"……."

"산동악가 아닌가?"

넌지시 물은 노인이 천천히 이를 드러내며 환하게 웃었다.

"그럼 되갚아 줄 생각을 해야지, 피하기만 해서 어디 되겠는가?"

❦

백명루(白明樓).

항주 도심에서도 풍수상 명당에 지어졌다고 하여, 삼대 기루 중 한 곳으로 꼽히는 곳이다.

삼 층 이상부터는 서호와 청산의 아름다운 경치가 난간 밖으로 훤히 내다보이고, 동쪽으로는 고풍스러운 사찰과 도심이 드넓게 보였다.

"신경을 크게 썼네."

백훈의 말에 호사량이 고개를 끄덕였다.

사실 이번은 단순히 서로 이익이 될 만한 지점을 고민하는 짧은 회합(會合)일 뿐이었다.

한데 백명루의 주인이자 회합에 참석하는 한 상단 단장이 비싼 고급 기루의 최고층을 통째로 회합을 위해 쓴 것이다.

금벽산이 말을 보탰다.

"그만큼 우리 가문의 명성이 커졌다는 소리일 거요. 생각해 보시오. 이제 산동성에서 악가의 영향력을 의심하는 이가 누가 있겠소?"

서태량이 동조했다.

"하긴 그것도 그렇지요. 참 자랑스럽습니다. 하하!"

그 말이 끝나기 무섭게 호길이 반사적으로 감탄성을 냈다.

금과 은으로 이뤄진 화려한 기루에 깜짝 놀란 것이다.

"우와! 정문부터 비싸 보여요!"

"오, 정말 그러네."

항주가 처음인 서태량도 눈을 동그랗게 떴다.

화려하고 색감 넘치는 곡선으로 이루어진 전각이 서태량의 눈을 희롱했다.

호사량이 일행들에게 주의를 줬다.

"귀한 환대인 만큼 우리 역시 몸가짐을 조심해야 할 것이오."

서태량과 호길의 표정이 살짝 굳었다.

호사량의 말대로 순간 긴장의 끈을 놓은 게 사실이었으니까.

"부각주 말씀이 맞소. 적진이 될 수도 있는 곳이니…….
다시 긴장하겠소."

"아, 송구합니다. 너무 들떠서 그만……."

"괜찮다. 그저 우리가 여길 온 목적을 잊지 말라고 말한 것이야."

호사량은 호길의 머리를 쓰다듬어 주고는 곁에 있는 백훈을 힐끗 쳐다봤다.

백훈은 의외로 흥분하지 않고 담담했다.

"의외군."

"뭐가?"

"풍류라면 사족을 못 쓰는 게 네놈 아니냐."

"술이라면 지겹도록 먹어 봤어. 아름다운 여인과 담소를 나누기 위해 재산을 탕진해 보기도 했고. 내가 항주에서 유명한 기루를 안 가 봤을 것 같아? 여기도 와 본 적 있는 곳이야. 게다가……."

백훈이 나직이 속삭였다.

"네놈만큼 나 역시 이번 일에 진지해."

"오랜만에 마음에 드는 소릴 하는군."

호사량의 희미하게 미소 지었다.

"네놈 마음에 들려고 노력한 적 없으니까, 입 좀 다물지?"

"오냐."

호사량이 다시 굳은 표정을 지으며 정문 안으로 발걸음을 옮겼다.

이미 은 대인은 먼저 출발해 다른 상단의 단장 혹은 회주들과 이야기를 나누는 중일 터였다.

"가시지요."

선두에 선 악운이 일행을 이끌었다.

이미 악운의 눈빛 역시 여러 생각으로 복잡해져 있었다.

❧

기루에 들어서자 악운 일행을 기다리고 있던 기녀가 그들을 최고층으로 안내했다.

이윽고.

드륵.

시종들이 좌우에서 문을 열어젖히자, 각 방 귀빈실의 사잇

문을 제거하여 커다란 대전(大殿)이 된 공간이 악운 일행 앞에 드러났다.

층고가 높아 복층 구조에 위쪽에 커다란 창들이 자리 잡고 있어 웅장해 보였고, 그 안을 화려한 청자, 백자, 도화(圖畵), 조각품, 값비싼 비단으로 만들어진 융단이 조화롭게 꾸며져 있었다.

"어서 오십시오."

"환영합니다."

음식과 술을 나르는 수십 명의 점소이들이 악운 일행을 스쳐 지나가며 공손히 인사를 했다.

그러자 시끌벅적한 방 안의 소리가 천천히 잦아들며, 항주 상단 수장들의 시선이 문 앞에 서 있는 악운 일행에게로 모여들었다.

호길이 진땀을 닦으며 서태량에게 속삭였다.

"부담스럽네요."

"좋은 경험이 될 거다."

서태량이 호길의 어깨를 두드렸다.

그 사이 선두에 있는 호사량의 앞으로 은 대인이 걸어왔다.

"어서 오시오, 호 대협."

"환영에 감사드립니다."

"별말씀을. 홀로 준비한 것이 아니라 오늘 여기 모인 많은 상단 수장들이 함께 한 것이라오. 자, 내가 직접 다른 이들을 소개해 드리리다."

기다렸다는 듯 악운이 호사량에게 말했다.

"피할 수 없으니 이만 신분을 밝히도록 하지요."

"그럽시다."

은 대인이 의아한 표정을 지었다.

"신분? 그게 무슨 말씀이오?"

호사량이 차분히 설명했다.

"실은 제 동행을 모두 밝히면 친목을 도모하기 위한 이번 회합에 너무 부담을 느낄까 싶어 이리 늦게 말씀을 드리게 되었습니다."

자연히 뒤에 있던 악운을 비롯한 모두가 쓰고 있던 방갓을 천천히 벗어 내렸다.

그 순간.

지켜보고 있던 좌중에게서 진심 어린 감탄사가 터져 나왔다.

기녀와 어린 여자 점소이들은 보자마자 볼을 붉혔다.

각 상단의 회주, 단장들 역시 깜짝 놀란 얼굴이었다.

"설마 이 자리에 악가의 소가주가 온 건가?"

"악가의 소가주가 틀림없소이다."

"놀라울 만큼 잘생긴 이는 처음 보는군."

"인세에 보기 드문 얼굴이라고 해도 과언이 아니외다."

다들 속삭이듯 말했지만 지근거리에 있는 이들의 육성이 무공을 익힌 악운 일행에게 안 들릴 리 없었다.

뒤에 있던 백훈이 괜히 투덜거렸다.

"나도 왕년에는 제법 한 얼굴 한다고 했었는데 말이야."

금벽산이 피식 웃었다.

"비교할 걸 비교하쇼, 대주."

"금 형, 너무하네."

순식간에 회합 행사장 내 모든 사람의 주목을 받게 되었음에도 악운은 담담한 눈빛으로 은 대인을 응시했다.

"일찍 통성명하지 못하여 송구합니다. 악가의 소가주, 악운이라 합니다."

"과연 소문대로 풍모가 헌앙하시오."

"과찬이십니다."

"아니오. 그나저나 일찍 말해 주셨다면 좋으셨을 것을. 소가주께 이리 늦게 인사를 드려서 나 역시 송구할 따름이오."

"아닙니다. 그저 가벼운 무림 출도로 나온 것이니 저는 신경 쓰지 마시고 더 중한 일에 신경 쓰시지요. 어쨌든 이번 저희 행사의 책임자는 부각주이십니다."

"잘 알아들었소. 자, 그럼 이쪽으로."

은 대인은 항주 상단들의 수장들이 앉아 있는 기다란 회의 탁자로 일행을 이끌었다.

기다렸다는 듯 중심 탁자 양옆으로 길게 늘어진 탁자에 수장들이 자세를 고쳐 앉았다.

"악가를 중심으로 논의가 될 터이니 상석을 쓰시오."

"예."

호사량을 필두로 중심 탁자에 나란히 앉게 된 일행은 앉기 전에 항주 상단의 수장들에게 포권을 취하며 인사를 건넸다.

"산동악가의 대표로 온 호사량이라 합니다. 항주 일대의 영명하신 상단 수장들을 뵙게 되어 영광입니다."

"소가주 악운이며, 이쪽은 저희 가솔들입니다."

예의를 갖춰 서로 인사를 나눈 직후.

한 중년인이 입을 열었다.

"나는 이 기루의 루주이자 포목을 주 품목으로 삼은 백명 상단의 단주 기말생이요. 단도직입적으로 여쭤보고 싶소. 악가에서는 어떤 사업 계획을 갖고 계시오?"

"구체적인 계획안은 제가 갖고 있는 것이 아니라 산동상회의 회주이신 장 회주께서 갖고 있으십니다. 하나 현재 우리 가문에서는 여러분들이 갖고 계신 교역품과 같은 다양한 재화를 항주 땅에 한정되지 않게끔 수륙 모든 방법으로 빠르게 운송해 드릴 수 있으며, 산동성에 있는 다양한 재화를 교역할 수 있습니다."

그러자 다른 노인이 손을 들며 말했다.

"나는 화호원회(和好院會)란 상단의 왕전종이요. 우리는 현재 여러 고급 장원을 여러 귀한 명숙이나 부호들에게 임대해 주고 있소. 그리고 그 호위를 오랜 시간 신뢰해 온 표국에 맡기고 있지. 그들과의 거래를 물리면서까지 산동악가와 거래를 해야 하는 연유가 무엇이오?"

호사량이 조용히 미소 지었다.

은 대인의 말대로 항주 상단들은 악가와 거래를 하지 않고자 단단히 마음먹은 눈치였다.

"거래하지 않으셔도 됩니다."

"그게 무슨……."

"우리 악가에 속한 산동상회의 항주 진출은 여러분의 이권을 빼앗기 위해 진출하는 것이 아닙니다. 장 회주의 전언을 전해 드리자면……."

호사량은 장설평과 나눴던 대화의 일부를 경계심 가득한 눈빛의 수장들에게 말했다.

"상즉인, 인즉상. 장사로는 이윤을 남기는 것이 아니라 사람을 남기기 위한 것이라……. 산동상회는 오랜 세월 단절된 제녕과 항주를 잇기 위한 초석이 되고 싶을 뿐, 항주의 사람을 잃거나 해하는 방식은 취하지 않겠다 하셨습니다. 그것이 현재 산동상회의 진심입니다. 원하지 않으신다면 산동악가의 진출은 없습니다."

순간 좌중이 조용해졌다.

오로지 이권에 열중한 질문들을 던졌던 이들이나 무조건적으로 산동악가를 차단하려 했던 수장들 역시 모두 머쓱한 표정을 지었다.

어색해진 분위기를 환기한 건 은 대인의 중재였다.

"장 회주의 말이 맞소. 상생을 위한 상로(商路)는 응당 우물 안 개구리처럼 갇혀 있던 우리 항주 상인들에게도 큰 자극이 될 것이오."

그러자 이의를 제기했던 왕전종이 수염을 쓸어내리며 고개를 끄덕였다.

"하긴…… 오랜 세월 닫혀 있던 수로를 개방하고, 다시 선박 건조 사업을 일으키기에는 당장 별다른 방법이 없긴 하오."

동시에 산동상회의 진출을 동의하는 목소리도 커졌다.

"나는 여러 객잔들을 운영하고 있는 호밀상단의 단장 이용이오. 사실 나는 악가가 항주 진출하는 것에 찬성하는 바였소."

"이유가 무엇인지요?"

"최근에 산동상회에서 유통하는 주류(酒類)에 대해 들은 바가 있소. 태평도가(太平都家)라 하던가? 그곳에서 빚은 백주가 극상(極上) 중의 극상이라고 하더이다. 내 그래서 얼마 전에 어렵게 구해 마셔 봤소."

호사량이 짐짓 웃음기 담긴 표정으로 물었다.

"어떠셨습니까?"

"환상적이었소. 목 넘김이 부드럽고 오래 마셔도 숙취가 없었소. 맑고 강렬한 청향(淸香)이 진귀하면서도 독특한 향을 선사해 주더군. 만약 상회가 항주로 진출한다면 적극적으로 태평도가의 술을 유통해 주었으면 좋겠소."

그 얘기를 들은 악운은 내심 유준의 탁월한 안목에 감탄이 들었다.

'향락의 도시 항주와의 교역을 미리 고려했던 걸까?'

유준의 움직임은 마치 짜여 있는 커다란 계획을 하나씩 이뤄 가고 있는 모양새였다.

전장, 도가(都家), 수운(水運)이 하나로 연결되어 큰 이권을 일으키는 구조였던 것이다.

그건 단순히 생각만으로 가능한 게 아니다.

그때그때 적재적소에 필요한 실무를 갖춰 나가야 가능한 일들이었다.

마치 그 마음을 꿰뚫어본 듯 호사량이 악운에게 나지막이 유준의 칭찬을 했다.

"소가주가 사람을 제대로 본 것 같소."

"제가 잘 본 것이겠습니까. 운이 따른 것이지요."

"어느 쪽이건 소가주의 선택이 유 총경리를 우리 가문에 품게 한 것이니까."

희미하게 웃어 준 호사량이 다시 상인들과의 회담에 집중했다.

"도가의 유통은 아마 이권에 대한 논의가 본격적으로 시작되면 응당 함께 이뤄 나가야 할 숙제일 것입니다."

이어서 약재와 관련된 사업을 하는 상단들도 나섰다.

"항주 도심에 있는 의방(醫房)들도 산동악가에서 취급하는 치료 환약들을 궁금해하고 있소."

그간 산동악가가 펼쳐 놓은 다양한 사업들이 타 지역에게는 굉장한 매력으로 다가온 것이다.

그래서일까.

경계 가득하던 상인들은 시간이 갈수록 산동상회에 대한 긍정적인 호감으로 천천히 바뀌어 갔다.

그러나 긍정적인 분위기는 오래가지 못했다.

"우습군. 애초에 우리 항주 상인들 대부분의 부가 어디에서 나왔소?"

날카로운 중년인의 반문에 호사량이 담담하게 물었다.

"귀하는 누구십니까?"

"소개가 늦었소. 나는 미복상단의 오검이라 하오."

소개를 마친 오검은 호사량을 노려보듯 응시하며 말을 이었다.

"나는 정확히 말하자면 산동상회의 진출을 확실하게 반대하오. 그대들의 진출은 우리에게 있어서 최악의 수요."

지켜보던 악운의 눈빛이 조용히 가라앉았다.

그들의 마음을 여는 것이 쉽지 않을 거라고는 예상했다.

올 게 온 것이다.

다시 냉각되는 분위기 속에 호사량이 담담히 말을 이었다.

"오 대인, 방금 그 말씀의 의중은 무엇인지요?"

"악가의 진출이 그간 우리가 쌓아 온 조화에 해가 된다는 뜻이오. 우리의 부는 본래 용정차에서 비롯됐소. 지금도 항주 상단의 가장 큰 부는 용정차를 재배하는 상단들이지. 나를 포함한 여기 계신 일부 수장분들 말이오."

"그게 우리의 항주 진출과 무슨 관계가 있다는 말씀이십니까?"

"말은 우리의 이권을 빼앗지 않는다고는 하나, 결국 산동 상회가 항주에 진출하기 시작하면 그대들의 최종 목표는 용정차 이권에 뛰어드는 것일 거란 얘기요."

"해서요?"

"그래서 우리는 오랜 기간 동안 거래하던 표국에게 앞으로의 모든 운송을 맡길 생각이오. 솔직히 악가가 가진 사업들을 우리들이 힘을 합치면 못 한다는 보장이 어디 있소?"

"없지요."

"그러니까 괜히 이제껏 잘 운영되는 항주의 사업에 눈독 들이지 말고, 그대들의 이권 사업이나 잘 신경 쓰시라는 말씀이오."

그러자 그와 같은 의견인 여러 상단 수장들이 동조했다.

"오 대인의 말씀이 옳소."

"하긴 수적들이 궤멸된 이상 우리도 배를 건조해서 직접 운송에 뛰어들면 될 일이지."

"외부 세력에 의존하는 건 좋지 않지. 암, 그렇고말고."

순식간에 판세를 뒤집은 오검은 방금 전에 악가에게 긍정적인 의견을 보였던 일부 상단 수장들을 은근하게 노려봤다.

"내 방금 전 발언들은 똑똑히 기억하겠소. 그깟 말 같지도 않은 이유들로 우리의 항주를 넘기려 든단 말이요? 안 그렇소? 은 대인?"

가장 연장자이자 항주 상단들의 신뢰를 한 몸에 받고 있는 은평조의 대답은 이번 회합에 있어서 굉장히 중요한 기점이었다.

오검 역시 그래서 은평조를 콕 집어 물은 것이다.

동조하라고.

은평조는 잠시 아무 말도 하지 않고 가만히 있었다.

'안타깝구나.'

눈치를 본다면 오검에게 동조하는 것이 맞는 길이나, 항주 상인들의 미래를 고려하면 자유로운 교역은 반드시 필요한 일이었다.

항주는 너무 소수의 사업에만 기대고 있었다.

길이 다양해져야 했다.

이대로 악가를 내쫓듯이 밀어내는 건 옳은 일이 아니었던 것이다.

하나 호사량은 지난밤에 확실히 선을 그었다.

나서지 않겠다고.

'어찌 할꼬……'

은평조는 방금 전 악가에 긍정적인 의견을 보냈던 상인들을 쳐다봤다.

백명표국의 요구를 무시하고 용기를 낸 일부 상인들이 보였다.

그들은 오랜 세월 은평조와 막역한 사이였으며, 오랜 세월 백명표국의 협박과 강압에 질려 있었다.

'하나…… 과거와 같은 전례가 생긴다면 어쩐단 말인가?'

과거 항주에도 백명표국에게 굴복하지 않고 나섰던 일부 무관과 상단 등이 있었다.

하지만 그들은 어느 날엔가 장원이 통째로 불타버리거나, 일가족이 몰살되는 등의 일들을 겪고 이주하거나 몰살됐다.

모두가 백명표국의 짓이란 걸 알았지만 항의하지 못했다.

남궁세가와 비견될 만큼 거대한 오대 세가인 사천당가가 배후에 있는 집단을 누가 건드리겠는가.

'악가가 왔다고 해서 현실이 달라지지는 않을 터.'

은평조는 조용히 눈을 감으려 했다.

그 순간.

조용히 지켜보던 호사량이 은평조가 말을 꺼내기 전에 입을 열었다.

"여러분의 고견은 잘 들었습니다."

은평조의 눈에 이채가 흘렀다.

호사량의 눈빛이 방금 전과 미묘하게 달랐기 때문이다.

"해서 확실히 알았습니다."

오검이 인상을 찡그리며 쏘아붙였다.

"무엇을 말이오?"

"무조건적인 적개심과 두려움에 대한 발로로 비롯된 경계심은 그 표정도, 어투도, 선택도 다릅니다. 두려움을 누르고 새로운 진취를 꿈꾸는 이의 표정 역시 당연히 다르지요. 혼재된 상황에서 이번 회합을 통해 저는 충분히 구분 지을 수 있었습니다. 때로 어려운 선택을 해야 하는 시기가 적아를 구분 짓게 도와주지요."

그 얘기를 들은 악운은 이제껏 호사량이 몸을 움츠린 채 모두의 의견을 조용히 듣고만 있었던 까닭을 깨달았다.

'이거였어.'

호사량은 각자의 의견을 담은 논의 속에서 현재 은 대인의 의중과 백명표국와 연이 닿은 자들을 면밀히 구분해 내고 있었던 것이다.

모르긴 몰라도 이미 호사량의 심중에서는 적아의 구분이 끝났으리라.

악운이 씨익 웃은 찰나.

백훈이 호사량의 의중을 짐작하고는 나직이 말했다.

"신중히 판을 깔아 줬으니, 이제 결판지게 노는 것밖에 안

남은 거 같은데?"

"그래, 그런 것 같아."

악운이 조용히 고개를 끄덕이며 호사량의 목소리에 다시 귀를 기울였다.

호사량은 순식간에 오검에게 쐐기를 박았다.

"……현재 우리의 정보로는 이곳 항주 도심을 비롯해 서호 부근의 많은 곳이 백명표국을 중심으로 강압적인 세력 편성이 되었다 들었습니다."

오검이 눈살을 찌푸렸다.

"그게 무슨 소리요, 강압적인 세력 편성은 무슨! 백명표국은 현재 대부분의 항주 상단과 조력 관계에 있는 곳이오!"

"예, 압니다. 물론 오 대인께서는 그분들과 조력 관계를 계속 진행하십시오. 관여하겠다는 뜻은 아닙니다."

"그럼 얘기가 됐군! 다들 뜻들 하시오! 악가의 진출을 막고, 지금의 항주 상권들을 유지하는 것이……."

"하나!"

호사량이 말을 끊고 오검을 차분히 응시했다.

"백명표국의 시선이 두려워 자유로운 의사 존중과 선택이 불가능한 환경을 조성하고 싶으신 거라면 이만 회의장에서 나가 주시지요. 방금 전에 오 대인과 동조했던 다른 분들께도 드리는 말씀입니다."

오검이 얼굴을 와락 일그러트렸다.

"지금······ 악가의 위세로 항주의 상인들을 편 가르자는 것이오?"

"편을 가른 건 여러분 아니었습니까? 백명표국의 언급을 통해 은 대인을 겁박하고 있는 건 누구였습니까? 자유로운 상품들의 교역을 위해 적극적으로 나선 분들에게 항주를 망가트린다는 오명을 뒤집어씌운 자는요?"

"도가 지나치구려!"

오검의 일갈에 호사량의 얼굴이 얼음장처럼 차갑게 굳었다.

"처음부터 도가 지나친 쪽은 당신들이었소."

순식간에 싸늘해진 어투가 호사량의 심경 변화를 대변했다.

마주한 오검의 눈빛이 노기로 일렁였다.

"여기가 어디라고 감히······."

"항주, 번영의 도시이며 앞으로 산동, 안휘, 강서를 이을 수로의 시작이자 끝. 그것이 내가 본 항주요. 그러니 최고의 도시에 머무는 상인답게 품격을 갖춰 주시오. 아시겠소?"

와드득!

눈 깜짝할 새 호사량에게 압도당한 오검이 이를 갈았다.

"은 대인!"

오검의 시선이 다시 은 대인에게로 향했다.

강경하게 나온 호사량 대신 은 대인을 압박하기로 태세를 바꾼 것이다.

"아직 대답하지 않으셨소!"

"내가 무슨 대답을 하길 바라오?"

은 대인이 조용히 눈을 치켜떴다.

하지만 더 이상 그의 눈빛은 흔들리지 않았다.

오히려 무언가를 결정한 듯 결연했다.

그래서일까?

은 대인은 단단히 마음을 먹고 호사량에게 물었다.

"악가에게 묻겠소. 일전에 내 질문은 이제 받아들여진 것이오?"

"악가의 결정이 아닙니다. 저 호사량 개인의 결정입니다."

"그런가……?"

은 대인에게 일말의 아쉬움이 남은 그때, 악운이 자리에서 일어나며 호사량의 발언에 힘을 보탰다.

"악가의 소가주인 저 역시 부각주의 뜻에 동의할 것이며 이 자리에 함께 한 악가뇌혼대 역시도 마찬가지입니다. 그러니 실망하지 말고 소신을 지키십시오. 그것이 명분이 되어 준다면……."

말을 잇는 악운의 눈에서 정광이 흘러 넘쳤다.

"이번 일을 통해 악가는 은 대인의 곁에 함께 할 것입니다. 장담하지요."

좌중이 웅성댔다.

악가의
귀

"저들이 그럼, 악가뇌혼대였던가?"

"역시…… 소가주의 그림자처럼 따라다닌다더니. 저들이었군."

점점 기울어 가는 판세 속에 은 대인의 입가에 희미한 미소가 피어올랐다.

악가의 결단은 아니나, 소가주가 항주의 개입을 천명했다.

그건 심연 같은 절망 끝에 새어들기 시작한 한 줄기 빛과 같았다.

"고맙소. 나 은평조는 오랜 세월 서호의 물을 강한 무력으로 장악하고 있는 백명표국에게 정식으로 항의할 것을 요청하오!"

호사량이 포권을 취하며 힘주어 외쳤다.

"받아들입니다. 현 시간부로 은 대인의 뜻을 명분으로 우리는 백명표국을 항주 땅에서 몰아내는 데에 사력을 다할 것입니다."

분위기가 순식간에 뒤집혔다.

오히려 궁지에 몰린 건 오검을 비롯해 그와 동조하던 일부 상인들이었다.

"오 단장, 언제까지 내 상단의 수많은 식솔들을 백명표국의 강압에 따르며 이끌어 나가야 하오?"

이제껏 의기양양하던 오검의 눈빛이 세차게 흔들렸다.

"정신이 나간 것이오? 상대는 백명표국이란 말이오! 그것도 사천당가를 배후에 둔 것도 모자라 '그'에게 대항한 항주의 수많은 고수들이 쥐도 새도 모르게 실종되거나 조용히 죽어 나갔소. 이것이 우연 같아 보이시오? 이대로라면 용정차의 사업권을 지키기는커녕 재배조차 할 수 없게 되는 건 둘째 치고 모조리 '그'에게 죽임을 당할 게요!"

"그럼 오 단장은 이만 이곳을 나가 주시오. 더는 우리와 엮여 좋은 꼴을 보진 못할 게요."

담담한 은조평의 대답에 오검은 수염을 파르르 떨며 외쳤다.

"다들 정신들 좀 차리시오! 악가는 그저 제 잇속을 채우고자 우리를 이용하는 것이란 말이오!"

보다 못한 백훈이 귀를 후비며 나섰다.

"거참 더럽게 시끄럽네! 그쪽은? 그쪽은 쥐고 있는 재산, 권위, 목숨…… 이딴 걸 놓치고 싶지 않아서 모두가 그쪽에 동의하고 엎드려 있길 바라는 거 아니야? 정작 여기 모인 사람들에게 겁을 주고, 무기력하게 만드는 건 그쪽 일당 같은데 말이야."

결국 참다못한 오검이 노성을 터트렸다.

"뭘 안다고 지껄이는가!"

삽시간에 백훈의 눈썹이 역팔자로 휘며 표정에 살의가 깃들었다.

화경에 이른 백훈의 위압감은 무공의 배움이 짧은 일개 상인이 감당해 낼 수 있는 수준이 아니었다.

덜덜.

거대한 압박감에 짓눌린 오검의 눈이 하얗게 질렸다.

"그만."

호사량이 빠르게 백훈을 제지했다.

"당장 저놈 목을 베지 않은 건 문사 네놈 얼굴을 봐서야."

"그쯤 하면 됐다. 이곳에서 쓸데없이 피를 본다고 해서 사태가 해결 되진 않아. 의견이 다른 건 틀린 게 아니다."

"엄마처럼 잔소리 좀 그만해라."

말은 그렇게 했지만 백훈 역시 더 이상 기를 방출하지 않고 거둬들였다.

하지만 오검은 이미 온몸이 땀에 젖은 채 다리를 부들부들 떨고 있었다.

"허억, 허억……!"

짧은 시간에 느낀 막강한 공포감에 오검은 눈을 뒤룩뒤룩 굴리며 마른침을 삼켜 냈다.

그러나 그렇다고 해서 그의 생각이 바뀐 건 아니었다.

'어리석은 것들, 아무 것도 모르는 자들 같으니라고! 네놈들이 누굴 상대하는지 아는 게야?'

오검은 늘 침잠해 있는 어둠 같은 존재를 떠올리며 치를 떨었다.

방금 전의 그 공포도 그가 가진 공포에 비하면 새 발의 피였다.

혈교.

그곳에서 파견 나온 고수가 백명표국의 국주인 것을 이 머저리 같은 놈들은 조금도 파악하지 못하고 있는 것이다.

겨우 숨을 고른 오검이 잘게 떨며 말했다.

"내 하나 약속하지. 여기 모인 당신네들 전부 다 조만간 저 악가의 머저리 같은 자들의 시신 앞에서 살려 달라고 머리를 조아릴 거다."

지켜보던 악운이 나선 건 그때였다.

"무엇을 믿고 있든 변하지 않는 사실은 하나일 겁니다."

"……."

악운의 표정이 싸늘해지며 말이 이어졌다.

"노예처럼 사는 건 당신들만으로 충분해."

항주의 이권 전쟁이 시작된 순간이었다.

깊은 밤

오검과 그를 따르는 일부 상단 수장들이 떠나고 나서야 장내가 고요해졌다.

어수선해진 분위기였으나 이를 수습한 건 이번 일을 통해 어렵사리 용기를 낸 은조평이었다.

은조평은 함께 한 상단 수장들과 결의를 다지고, 새로운 항주 상단 연맹을 맺었다.

'와신상담회(臥薪嘗膽會)'의 첫 시작이었다.

이윽고.

악운 일행은 은조평을 필두로 한 와신상담회를 통해 백명
표국에 대해 여러 정보들을 얻게 됐다.

하지만 단편적인 것들뿐.

모인 사람들 모두, 굵직한 정보를 알고 있지는 못했다.

그저 그들이 벌였던 과거지사와 당해 온 일들을 전했을 뿐
이었다.

호사량은 우선 그쯤에서 논의를 마치고 모두를 돌려보냈
다.

백명표국과 표면적인 갈등이 시작된 이상 그들도 마음의
준비가 필요해 보였고, 악운 일행도 그에 따라 계획을 수립
해야 했다.

장내에 남은 백훈이 말했다.

"오검을 비롯해 따라갔던 자들이 백명표국에 우리의 개입
을 알렸을 거야. 애초에 보내지 말았어야 하는 거 아냐?"

호사량이 나직이 말했다.

"일부러 보낸 거다."

그러자 상인들 중 유일하게 장내에 남은 은평조가 입을 열
었다.

와신상담회를 대표해 악가를 돕기 위해 장내에 남은 것이
다.

"그게 무슨 말씀이시오?"

"은 대인께서도 아시겠지만 저들이 어느 정도의 정보를 파

악하고 있는지는 우리 역시 가늠하기 힘듭니다. 우리 일행이 항주에 도착한 후부터 빠르게 우리 동태를 살피고, 정체를 파악하려 애썼을 겁니다."

"사실 내게도 나머지 가솔들의 정체를 미리 파악해 두라고 은밀히 전서구를 보냈었고, 나 역시 아는 한에서 그에 답을 줬었소. 미안하구려."

"아닙니다. 어쩔 수 없었던 선택이셨던 것을 압니다. 오늘 밝혀진 일이기도 하고요. 그리고 우리 역시 대인께 말씀드리지 않은 것이 하나 있습니다."

"그게 무엇이오?"

"우리는 명분상 산동상회의 일에 힘쓰기 위해 온 것이지만, 실은 혈교의 근거지를 찾기 위해 항주에 왔습니다."

"혈……교 말이오?"

"예, 혈교의 전초기지가 항주에 터를 잡고 있으리란 게 우리의 추측입니다. 그리고 그 가설을 증명할 만한 몇 가지 조건이 이미 충분히 충족되었습니다. 그리고 우리는 그 가설에 가장 가까운 곳이 백명표국이라고 봅니다."

"그건 비약이오. 이상하지 않소? 혈교라면 치를 떠는 오대세가의 사천당가가 그들의 배후 세력이오. 그런 곳이 혈교과 관련이 있을 리가……."

"사천당가가 허했다면 오히려 더욱 있을 법한 일이지요."

"설마……."

"그건 증좌가 더 나온 후에 말씀드리도록 하지요. 즉, 저들은 우리가 상단의 일을 돕기 위해 온 것인지, 아님 혈교를 쫓기 위해 온 것인지 아직 가늠하지 못했다는 뜻입니다. 그런 상황에서……."

백훈이 호사량에게 의중을 이해하고는 씩 웃었다.

"우리에게 불만을 품은 상단 놈들이 몰려갔지."

"그래. 그럼 저들은 우리가 혈교의 근거지를 찾으려 한다고 생각하지 않고, 단순히 산동상회의 일을 가늠하기 위해 왔다고만 생각할 거야. 그런데 마침 저들의 눈엣가시인 소가주가 우리와 동행했지."

팔짱을 낀 채 듣고만 있던 악운이 눈을 빛냈다.

"혈교가 이권 다툼이란 명분으로 움직일 수 있는 기회를 준 것이군요."

호사량이 고개를 끄덕였다.

"소가주의 말이 맞소. 저들은 이 기회를 놓치지 않고 강제적이고, 기습적이며, 폭력적인 방법을 통해 이 상황을 해결하려 들 거요. 명분은 충분하오. 악가가 항주 상단들의 평화를 깨고 이간질을 했다."

호길이 헛바람을 들이마셨다.

"그럼 우리를 모두 죽이고 사천당가의 위세를 빌려 지금까지의 일을 이권 다툼으로 생긴 명분 갈등으로 만들 수 있을 거예요!"

호사량이 호길을 쳐다봤다.

"잘 봤다. 대신 혈교의 전초기지 사건은 조용히 묻히겠지. 다시 말해, 오늘이든 잠시 후든 놈들은 우리 일행을 습격하러 올 거다."

백훈이 정곡을 찔렀다.

"만약 그들이 혈교가 아니라면?"

"그럼 소가주의 추측이 틀린 거겠지. 하지만 사천당가, 그리고 항주…… 모든 정황이 백명표국을 가리키고 있잖아."

"그럼 맞겠네. 그치?"

"단순하기는…….."

혀를 차는 호사량에게 금벽산이 물었다.

"한데 부각주의 말대로라면 우리 스스로 불구덩이에 들어가길 자처한 것이 아니오?"

호사량이 단호히 고개를 저었다.

"틀렸소. 불구덩이에 뛰어드는 쪽은 저들이 될 것이오."

은평조가 서둘러 말했다.

"그럼 다른 단장들께 어서 알려야겠소."

"안 됩니다. 그분들은 계속 모르는 채로 있는 것이 낫습니다. 섣불리 알렸다가는 놈들이 우리 계획을 눈치채게 될 겁니다."

"그럼 그들이 너무 위험하지 않겠소?"

"그들은 그분들을 크게 해하지 않을 것입니다. 그들의 눈에 그분들은 그저 언제든 손에 움켜쥐고 흔들 수 있는 쓰기 편한 졸들입니다. 오히려 그분들을 통해 우리를 쥐락펴락하려 들겠지요."

"그럼 더욱이 그들을 막아야……!"

"제가 막지 않는다 말씀드리지는 않았습니다. 그저 그들이 그렇게 생각하길 바란다고 말씀드린 거지요."

"아아!"

은평조는 그제야 호사량의 계획을 깨달았다.

"적의 기습을 반격으로 되갚는다라……!"

"예. 맞습니다. 우린 백명표국의 위치로부터 가장 가까운 지점에 계신 상단 수장 분들의 위치를 저지선으로 사용하게 될 겁니다. 그곳에서 되레 방심한 놈들을 일차적으로 궤멸시키는 겁니다. 더불어 악가뇌혼대는 요인 호위, 구출까지 능하니 너무 심려 마십시오. 그리고……."

호사량의 다음 시선이 악운을 향했다.

그가 그린 큰 그림의 결말에는 반드시 악운이 필요했다.

࿖

오검은 항주정명회(杭州正命會)의 회주 자격으로 백명표국의 국주 앞에 머리를 조아렸다.

"……이것이 방금 전에 있었던 일입니다. 그 멍청한 노인

네가 주제 파악도 못하는 꼬락서니를 호되게 꾸짖었지만, 악가를 믿고 으스대는 통에 통하지가 않았습니다. 송구합니다."

"예상했던 일일세."

자리에 앉아 있는 노인이 수염을 쓸어내리며 담담히 대답했다.

그리고 이어지는 침묵.

오검은 오히려 아무 말 없는 노인의 침묵이 더욱 두려웠다.

꿀꺽.

'빌어먹을. 목이 다 타는군.'

노인 아니, 백명표국의 국주 명청천.

그가 혈교의 고수라는 것을 아는 건 오로지 오검뿐이었고 그로 인해 오검은 그의 필요한 요구를 수행하는 대신 항주 내의 많은 이권을 차지할 수 있었다.

"자네가 항주정명회를 은밀히 창설한 게 사 년 전이었지? 아마."

"예, 명 대인."

"그간 참 잘해 주었네. 해서 묻지. 이번 일을 계기로 이참에 항주 땅 위에 크게 군림해 보는 거 어떠한가."

"그, 그게 무슨 말씀이신지요?"

"말 그대로네. 이번에 우리에게 반한 상단의 수장들에게서 용정차 재배의 권한을 빼앗아 그대에게 내줄 것이란 뜻이야. 그리되면 그들의 이권까지 그대의 주머니에 들어가겠지."

오검의 눈에 희열이 실렸다.

반기를 든 그 빌어먹을 은평조의 이권만 해도 엄청나다.

그런데.

은평조와 함께 손을 잡은 자들의 용정차 재배의 이권을 모두 삼켜 버릴 수 있다면…… 아니, 놈들이 가진 이권을 송두리째 빼앗게 된다면!

오검의 눈빛에 탐욕을 넘어선 광기가 일렁였다.

"아아, 어찌 그런 은혜를! 실로 송구하고 감사할 따름입니다."

"충성한 대가는 늘 달콤한 법일세."

명청천은 오검의 어깨를 툭툭 두드려 준 후에 의자에 기대 있던 도를 집어 들었다.

"자네의 벗들에게 전하게. 오늘의 굴욕을 곧 환희로 만들어 주겠노라고. 이쯤 되면 자네도 정식 교도를 고려해보지 그러는가."

이미 막대한 이권에 눈이 먼 오검에게는 가릴 것이 없었다.

그 대단한 정파의 중심, 사천당가마저도 명청천과 함께 하는 천하다.

'이미 썩어 버린 천하인데, 나하나 냄새를 풍기며 사는 게

뭐 그리 대수겠는가. 금방 묻혀 버릴 냄새거늘.'

오검이 더욱 머리를 조아리며 외쳤다.

"받아만 주신다면 언제든 교(敎)에 충성하겠나이다."

"곧 어두워질 테니 여기 있게."

명청천은 희미한 미소를 남기며 자리를 떠났다.

표국 밖으로 나온 명청천은 복면을 쓰고 도열한 수백의 복면인들을 내려다봤다.

혈교 전초기지를 위해 주둔한 오대마궁의 한 축이자, 투전궁주(鬪戰宮主) 명청천의 충직한 마인들이었다.

투전궁(鬪戰宮).

정예 조직인 사멸집행대(死滅執行隊)와 용마구로(勇魔九路)로 이뤄진 집단.

팔다리가 잘려도 의식만 남아 있다면 적을 베고야 마는 악명 높은 혈교의 악귀들이 항주에 주둔하고 있었던 것이다.

"왔군."

하나둘 모이기 시작한 수십 명에 달하는 검은 피풍의 무리.

눈 밑에 은색 탈을 쓴 청년이 명청천에게 걸어왔다.

"우리 역시 합류하리다."

명청천이 씨익 웃었다.

"결단을 내린 겐가?"

"정식적인 합류는 아니오. 항주의 일은 당신들이 알아서 처리하도록 하시오. 우리의 목표는 당신 말대로 일을 시끄럽게 만들고 있는 악가의 소가주요."

"어렵할까. 하나 현명한 선택인 것은 인정함세. 방금 전에 들어온 정보로는 악가의 소가주가 이번 일을 그저 상단의 가벼운 분쟁 정도로 고려하는 것 같더군. 아마 별다른 대비 없이 저놈들 실력을 믿고 있을 걸세."

"놈은 어찌 죽일 것이오?"

"천지멸화독이란 본교의 독을 사용했는데도 살아남은 놈이지. 웬만한 독으로는 어림도 없을 것이야. 하나 반쯤 죽어가는 놈이라면 해독 능력이 크게 떨어질 것이야. 그때를 노리고 독을 쓰게."

"놈은 어린 나이에 화경에 이른 괴물이오. 무슨 방법으로 놈을 반쯤 죽게 한단 말이오?"

"못할 것 같나?"

나직이 묻는 명청천의 기세에 당청은 순간적으로 압도되어 눈빛이 흔들렸다.

오랜 세월 피와 전쟁을 겪어온 명청천의 기세는 그만큼 파괴적인 투기로 가득했다.

당청은 자신도 모르게 슬쩍 눈길을 피했고, 그제야 명청천의 입가에 희미한 미소가 감돌았다.

"가세나, 그 어린놈의 목을 베러."

한때 정파의 간담을 서늘하게 했던 천룡마군(穿龍魔君) 명청천이 중원에 재림한 것이다.

～

그렇게 명청천을 필두로 한 무리는 빠른 속도로 도심에 있는 상단에게로 이동했다.

앞서 가던 명청천이 입을 열었다.

"한 대주."

"예, 궁주님."

"모든 병력을 이끌고, 악가와 손을 잡은 상단 무리를 모조리 생포하여 표국에 잡아 가두게. 산동악가의 애송이는 노부와 당가가 맡지."

"존명."

그의 하명을 받은 사멸집행대의 대주가 용마구로를 이끌고, 빠른 속도로 도심으로 향했다.

그렇게 둘로 나뉜 혈교 무리는 곳곳에서 날아오는 전서구를 지속적으로 전해 받으며 빠르게 이동했다.

이어서 뒤따르던 당청이 물었다.

"현재 그놈은 어디 있소?"

"서호에서 뱃놀이 중이더군."

"알았소."

당청은 대답과 함께 내심 기대가 됐다.

최근 세간에서는 비상하는 악운의 명성을 두고 여러 후기지수 혹은 젊은 고수들과 실력을 비교해 댔다.

'다시는 그런 비교를 할 수 없게 반드시 네놈의 목을 가져가 주마.'

당청의 마음속에서 피어오른 열등감이야말로 이번 전투의 합류를 결정하게 된 진짜 이유였던 것이다.

내리 깔린 어둠이 점점 짙어졌다.

은은한 달빛 아래.

악운은 배 위에 앉아 호길이 빌려준 통소를 불었다.

주변에는 앉아 있는 기녀들의 옷자락이 바람을 따라 펄럭였다.

피이이이-!

옥구슬 굴러가는 듯 청아한 음색이 고요한 호수에 울려 퍼지며, 악운은 한때 천휘성으로서 살아가던 때의 기억이 일부 스쳐 지나갔다.

은은한 달빛.

고요한 배 위에 사부와 자신.

매화로 수놓은 의복을 입은 채 비파를 다루던 사부는 그 어느 여인보다 고혹적이고 아름다웠으며 존귀했다.

'늘 그랬지. 입만 열면 파락호 같으셔서 문제였지만.'

악운은 쓰게 웃었다.

사부는 늘 넝쿨처럼 사는 게 삶이라며 입버릇처럼 떠들고 다녔다.

그러는 정작 자신은 그 번잡스러운 넝쿨이 싫으니 고고한 척 살다 죽을 거라고 얘기했다.

거짓말이었다.

사부는 말만 거칠지, 싸움을 싫어했다.

사부가 그 어떤 인연도 맺지 않고, 큰 명성도 얻지 않으며 강호를 조용히 주유했던 것은 그저 그 이유 하나뿐이었다.

하지만.

사부는 결국 그렇게 살다 돌아가시지 못했다.

'첫 번째 패배였었나.'

교주에게 심한 패배를 당해 쓰러진 날.

자신을 주시하고 있던 사부가 찾아와 목숨과도 같은 선천진기를 사용해 자신을 살렸다.

그리고 남은 생명을 모두 쥐어짜 낸 결과로 돌아가셨다.

─……사부님, 제가…… 이 제자가…….

—성아.

—예.

—늘 회피해 오던 넝쿨 같은 삶에 너는 처음으로 내가 마주한 진짜 '삶'이었어. 고맙구나. 마지막은 삶다운 삶을 살고 가는 게야. 사랑한다.

악운은 손으로 눈물을 훔쳤다.

오랜 시간이 지난 뒤에도 사부의 마지막 기억들은 스러지지 않고, 그의 가슴을 콕콕 찔렀다.

"슬슬 오는군."

잠깐 감상에 젖어 있던 악운은 쥐고 있던 통소를 내려놓고, 천천히 자리에서 일어났다.

대놓고 거리를 활보한 데다 통소까지 분 마당이다.

순간 호사량의 얼굴이 스쳤다.

—소가주, 할 수 있겠소?

—제가 못하겠다 말씀드릴 것 같습니까?

—그러지 않을 듯해 걱정이오.

—너무 염려 마십시오.

—좋소. 그럼, 계획대로 소가주는 뱃놀이를 가 주시오. 하면 그들은 소가주를 암살하기 위해 정예 대대를 이끌고 움직이게 될 것이오. 여기서 최초로 병력이 둘로 나뉘겠지.

-제게 혈교의 고수가 집중될 거란 말씀이시겠지요.

-그러리라 추정하오. 소가주가 화경에 이르렀다는 건 이미 유명한 일이지. 그들이 그것을 고려하지 않을 리 없소. 혹은 사천의 고수들이 혈교와 합류했을 수도 있지.

-그럼 나머지는 어찌 막으실 겁니까?

-방심한 적이야말로 시가전을 통해 각개격파하기 좋은 상대들이지. 이미 저들은 우리가 단순히 상단 이권 다툼 정도로 고려하고 있다 생각할 테니까. 하지만 우리는 이미 대비를 마쳤소, 여러모로. 가장 큰 대비는 소가주가 그들이 가늠한 것보다 훨씬 강하다는 거지. 맞소?

-놀라실 겁니다.

'호사량은 타고났어.'

현명한 판단이 제갈희선과 똑 닮았다.

씨익 웃은 악운은 천천히 주작을 집어 들었다.

스스스.

얼마 지나지 않아 그가 탄 배 주변으로 수십 척에 달하는 소선(小船)들이 빙 둘러섰다.

쏴아아아!

둘러선 소선들은 밀려오는 속도를 멈추지 않고, 악운이 타 있는 배로 일제히 몰려왔다.

쾅! 콰짓!

여러 척의 배가 악운의 배를 짓누르며 반파시키자마자 악
운과 함께 타 있던 기녀들의 정체가 드러났다.

동시에 사천당가의 무사들이 눈을 빛냈다.

"지푸라기다!"

애초에 악운의 배 위에 함께 앉아 있었던 것은 기녀의 행
색으로 자리 잡은 지푸라기였던 것이다.

그것이 의미하는 바는 단 하나.

"함정이다!"

가솔들의 외침을 들은 당청이 날카롭게 눈을 빛냈다.

'함정이라고?'

그는 곁에 자리 잡은 명청천을 쳐다봤다.

"놈이 우리가 올 것을 알고 있었던 것 같소!"

"달라질 건 없네. 이미 시작한 이상 끝은 봐야겠지."

당청은 조용히 입술을 깨물고는 다시 결연하게 외쳤다.

"멈추지 말고 놈을 베어라!"

당청의 외침 소리가 무색하게 악운의 배로 쇄도한 가솔들
은 빠른 속도로 뇌공에 꿰뚫리고 있었다.

눈 깜짝할 새 부서진 배가 아닌 다음 배에 올라타서 당가
의 가솔들을 베는 중이었던 것이다.

"커헉!"

"끄악!"

쐐액! 쐐액!

은은한 달빛 아래 피어오른 창강은 무자비했다.

슈슈슈슉!

그가 움직일 때마다 수백 발의 암기들이 강한 창의 풍압에 휘말려 물 밖으로 튕겨지고, 당가의 무사들이 목이 베거나 꿰뚫렸다.

그사이에도 악운은 암기만으로 정보를 습득했다.

'철질려나 호접표는 일반적이나 사이사이에 가공된 돌로 이뤄진 비황석(飛蝗石)이 섞여 있고, 마지막에는 칠앙혈통(七殃沈筒)까지 사용했다!'

순수한 돌을 암기처럼 가공하는 것은 결코 쉬운 일이 아니다.

게다가 스쳐 간 수천 발의 은침은 분명 그 생김새가 칠앙혈통과 동일했다.

'여전하군!'

앙룡독(殃龍毒)이란 강한 맹독에 은침을 담가 대롱 안에 담그는 암기인 칠앙혈통을 자주 무기로 쓰는 곳은 악운이 기억하기로 단 한 곳뿐이었다.

'사천당가!'

역시나 알아낸 정보대로 사천당가는 혈교에 협조하고 있었던 게 틀림없었다.

그때였다.

주변에 쓰러져 있는 당가 시신들에서 푸른 독무(毒霧)가 스멀스멀 피어올라 왔다.

악운이 인상을 찡그렸다.

'설마 일부러?'

기다렸다는 듯 악운에게 접근했던 당가의 소선들이 빠르게 악운과 멀어졌다.

방금 전 마구잡이로 덤벼든 당가 가솔들은 그저 '희생양'이었다.

그것을 증명하듯 그들의 피가 묻었던 악운의 의복이 빠른 속도로 뚝뚝 녹아내렸다.

'피현천황독(皮現修羅毒)까지 사용한 것이냐.'

독인을 연구했던 사천당가에 남아 있는 독공 중 하나다.

동귀어진을 택할 시 쓰는 독공으로 피와 침, 피부 등 모든 것이 독으로 화한다.

대신 준비 없이 독인이나 다름없이 되었기에 지독한 고통을 느끼며 죽게 된다.

'당 소저가 생전에 가솔들을 죽음으로 몰아넣는 최악의 독공이라며 혐오했던 그 독공이 여전히 내려오고 있던 거야.'

악운은 피부에 묻은 피를 손바닥으로 쓸어 냈다.

멀리서 그 모습을 본 당청은 회심의 웃음을 지었다.

"이제 됐소. 피현천황독이 놈의 전신에 묻었으니 이제부터 그대의 몫이오. 곧 저놈의 고운 얼굴도 썩어들겠지!"

팔짱을 낀 채 지켜보던 명청천이 크게 동요 없는 눈빛으로 입을 열었다.

"글쎄. 아닌 것 같군. 소가주, 그대가 틀렸네."

"그게 무슨……?"

"다시 놈을 보게. 놈은 건재하네."

명청천의 말은 그대로였다.

악운을 뒤덮었던 독무는 순식간에 그의 온몸으로 빨려들 어 가고 있었다.

당청은 믿을 수 없었다.

독을 온 몸에 흡수한다니. 저게 가능한 건…….

"놈이 독인이라고?"

경악하는 당청의 시선 속에 악운의 눈빛이 청염이 잠시간 일렁였다.

화르륵!

집요하고, 독한 성정으로 이름 난 사천당가의 가솔들마저 평정을 유지하지 못하고 기겁했다.

피현천황독이 묻은 악운은 그저 의복만 녹았을 뿐 다친 데 없이 건재했던 것이다.

"마…… 말도 안 돼. 저 극독을……!"

"어찌 저런 놈이……!"

혼란은 삽시간이었다.

아무렇지 않게 독을 흡수해 버리는 악운을 본 사천당가의 가솔들은 모두 당황하며 멈칫했다.

악운은 그 기회를 놓치지 않았다.

쐐애액!

잔영을 남기고 사라진 악운은 순식간에 물 위를 밟고, 멀리 떨어진 배 위로 올라섰다.

쌔애액!

현경을 바라보고 있는 악운의 움직임은 그들의 육안과 감각으로는 도저히 쫓을 수 없었다.

더구나.

악운은 당양희를 통해 배운 공부로 당가의 진법이라면 그어떤 고수보다 훤히 꿰고 있었다.

'호연십팔편(浩然十八鞭)을 연결한 진법 따위…….'

익숙한 진법을 파훼하는 건 손쉬운 일이었다.

악운은 단숨에 당가의 진법을 파괴시키며, 올라선 배 위에 있던 당가의 가솔들을 빠르게 휩쓸었다.

"컥."

"큽……!"

백호의 신속이 깃든 악운의 창속은 마치 빛살 같았다.

미처 대응하기도 전에 주작이 당가 무사들의 목을 꿰뚫거나 베어 냈다.

백호의 신속뿐 아니라 태을분광검 등의 공부 등으로 인해 쾌(快)의 극한을 이해한 악운의 창이 마치 빛살처럼 흔적도 없이 스쳐 지나갔다.

타닥.

악운이 또 하나의 배를 몰살시키고, 다시 땅을 박차려던 찰나.

채채챙! 퍼펑!

날아온 도에 의해 처음으로 악운이 전진을 멈췄다.

도를 휘두른 상대도 악운의 창과 부딪치자마자 배의 반대편 끝으로 튕겨 나가 착지했다.

'과연……'

명청천은 실로 오랜만에 온몸에서 투기가 끓어오르는 감정을 느꼈다.

얼마 전 흑마궁을 놈이 박살 냈다는 소식을 들은 뒤부터 악운과는 꼭 한 번 마주하고 싶었다.

그리고 지켜본 결과.

놈은 결코 자신의 하수가 아니었다.

"아주 강하구나."

악운은 대답 대신 눈을 치켜떴다.

이미 주변에 포진해 있던 당가는 배를 옮겨 멀찍이 떨어졌다.

'애초부터 계획했던 건가.'

당가의 선봉을 통해 자신의 실력을 가늠하고, 진짜 대적할 자를 보낸 것이다.

그자는 천휘성의 기억을 통해서도 익숙한 자였다.

'명청천.'

한때 불사(不死)의 대대를 이끈다는 수식어를 들을 만큼, 투기가 강한 사멸집행대(死滅執行隊)를 이끄는 마인.

놈의 선대는 천휘성으로부터 죽음을 맞이한 바 있었고 놈 역시 천휘성에 의해 겨우 살아남은 전적이 있었다.

해묵은 과거지연을 지나 다시 현세에 마주한 것이다.

"투기는 여전하군."

악운의 담담한 대답에 명청천의 눈썹이 꿈틀거렸다.

"네놈…… 나를 아는 것이냐."

명청천의 머릿속이 복잡해졌다.

놈이 굳이 많고 많은 성들 중 절강성 항주를 택한 것부터, 올 것을 알고 있기라도 지푸라기를 세운 것까지…… 마치 잘 짜인 판 안에서 놀아나는 기분이 들었다.

"묻고 있지 않으냐, 아해야."

"이미 대답은 지금의 결과로 충분히 해 준 것 같은데?"

"오냐. 목숨이 경각에 달렸을 때도 그리 오만할 수 있는지 지켜보마."

상황과 어울리지 않게 자애롭게 웃고 있던 명청천의 눈빛이 순식간에 돌변했다.

화아아악!

악운은 그 모습을 지켜보면서 배 난간 쪽으로 물러났다.

"우습군. 칼자루는 내가 쥔 것 같은데 말이야."

명청천은 말없이 눈살을 찌푸렸다.

악운이 조금의 머뭇거림도 없이 물속으로 뛰어든 것이다.

쐐액!

명청천이 빠르게 달려왔지만 악운은 공기 가르는 소리만
낸 채 물속으로 눈 깜짝할 새 자취를 감춰 버렸다.

뒤쪽에서 당청의 외침이 들려왔다.

"놈이 도망쳤소! 어서 쫓아야 하오!"

"어리석은 놈 같으니……."

명청천은 아무것도 모르고 떠들어 대는 당청이 한심했다.

악운은 도망친 것이 아니다.

놈의 기세는 여전히 물 밑에서 강하게 느껴지고 있었고,
방금 전 역시 결코 죽어 있는 눈빛이 아니었다.

그럼 남은 건 단 하나.

'전장을 네놈 뜻대로 옮기겠다는 뜻이더냐.'

그 생각이 끝나기 무섭게 악운의 전음이 그의 뇌리를 스쳐
지나갔다.

-너희는 나를 반드시 이곳에서 죽이기 위해 이리 많이 몰려
왔고, 나는 너희들을 충분히 묶어 뒀어. 그럼 이제 묻지, 여기서
네가 나를 제거하지 못했으니…….

잇달아 악운이 물었다.

-이제 칼자루를 쥔 건 누구지?

배의 난관을 손으로 꽉 쥐고 있던 명청천은 더 이상 두고

보지 않고, 악운의 뒤를 따라 물속으로 몸을 날렸다.

'전장이 어디든 네놈 목은 반드시 베어 주마.'

명청천의 온몸에서 파괴적이고 사나운 투기가 강한 파동을 일으켰다.

꿀꺽.

당청은 순식간에 물에 들어간 두 사람을 보고는 조용히 마른침을 삼켰다.

"소가주, 만약 저자가 실패한다면 우리는 이곳을 떠나야 합니다. 수치스러우나 아직 산동악가 측이 우리의 정체를 모를 때 발을 빼는 편이……."

"나도 알고 있소!"

당청은 가문에서 데려온 삼양대(三陽隊)의 대주 보국한을 쳐다봤다.

외숙부의 검가(劍家)에서 당가로 등용된 인재였으며, 당청을 늘 보좌해 온 큰형 같은 존재였다.

당청은 그를 신뢰했기에 그의 말을 흘려듣지 않았다.

하지만 이대로 물러나기에는 너무 많은 가솔들을 잃었다.

'최악이군.'

당청은 가문으로 돌아갔을 때 마주하게 될 부친의 차가운 시선을 떠올렸다.

　–한심한 놈.

　온갖 눈치 싸움에 갖은 경쟁까지 거치며 얻은 소가주 자리
가 위태로워질지도 모른다.

　'그럴 순 없다. 이 한 번의 실패로 모든 것을 잃을 수는 없
단 말이다.'

　입을 꾹 다문 당청이 소리 나도록 이를 갈았다.

　뿌드득……!

　보국한이 다시 한번 그를 불렀다.

　"소가주!"

　"보 대주."

　"말씀하십시오."

　"퇴각은 불가하오. 당가의 가칙이 무엇이오?"

　"'은혜는 두 배로, 원한은 열 배로.'입니다."

　"이대로 자리를 뜨면 혈교 놈들에게 비웃음거리가 될 뿐만
아니라, 저 악가의 악귀 놈의 손아귀에서 놀아난 꼴만 될 것
입니다. 하다못해 저놈이 살아남기라도 한다면 놈은 우리 가
문의 일을 사방에 퍼트리려 들겠지요. 그런 상황은 반드시
막아 내야 합니다."

　"하나 달리 방법이 없습니다."

"그건……."

당청은 입술을 질끈 깨물었다.

애석하게도 보국한의 말대로다.

당가의 강력하고 날카로운 암기들은 물속에서 제대로 힘을 발휘할 수 없고, 채찍을 활용한 무공 역시 물속의 압력에 의해 방해받을 수밖에 없다.

남은 건 단 하나뿐.

"가져온 명왕지독(明王之毒)을 저 두 명이 들어간 곳에 풀어 버리시오."

"명왕지독이라면……!"

"맞소. 부친께서 내 목숨이 위태로울 때가 아닌 가문이 위태로울 때 쓰여야 한다고 말씀하신 독이오."

명왕지독은 단순한 독이 아니었다.

고대에 '상류(相柳)'라 불린 독사였는데, 죽은 시체에서 빠져나간 독만으로 수만 평의 대지와 여덟 개의 산을 다시는 농사지을 수 없는 땅으로 만들었다는 영물이었다.

명왕지독은 바로 그 독사에서 추출해 낸 독이었다.

당가가 겪어 온 수많은 난(亂) 속에서도 이 독만 남아 있다면 다시 당가가 일어날 수 있다고 할 만큼 귀한 독이었던 것이다.

-명왕지독에 대한 연구는 미완성이긴 하나 가문 최고의

악귀의 무림

독인 수련법인 만독화인의 시초가 됐느니라. 잊지 마라.

　반드시 네 목숨이 아닌 가문의 위기가 찾아왔을 때 써야
하느니라.

　당청은 소가주가 된 후 부친으로부터 명왕지독에 대해 무
수히 많은 이야기를 들어야 했다.

　워낙 귀하고 소량밖에 남지 않은 독인지라 혈마대란 당시
당가의 위기에 사용하여 혈교에게 대승을 거둔 독이었다.

　천휘성에게조차 감추고자 했던 그 독이 다시 당청 손에 쥐
인 것이다.

　"이 독을 서호에 풀어 넣으면 서호에 사는 모든 생물은 죽
을 것이며, 서호와 연결된 우물을 사용하는 모든 땅과 사람
은 다시는 사람이 살 수 없는 땅이 될 거란 이야기를 들었습
니다."

　"그게 어쨌다는 거요?"

　"자칫 잘못했다가는 가문이 지탄을 받을지도 모를 일입니
다!"

　"가문을 위한 길입니다. 지금은 가문의 위기에 봉착해 있
는 상황이오. 그깟 지탄쯤이야 무시하면 그만! 우리 가문과
손잡은 다른 세력들이 별다른 이의 없이 넘어갈 수 있게 도
울 것이오. 그래, 모두 죽여 버리고 나서 독을 푼 것이 실수
였다고 하면 되지 않소!"

이미 광기에 휩싸인 당청은 더 이상 보국한의 조언 따위 귀에 들리지 않는 눈빛이었다.

"뜻대로 하십시오."

보국한은 어쩔 수 없이 물러났다.

이젠 차라리 당청이 원하는 대로 둘 모두 다시는 입을 열지 못하게 죽어 버리는 편이 나았다.

쾅!

그 순간 난파되어 있는 배들을 파괴시키며 거대한 물기둥이 솟아올랐다.

물속에서 가늠할 수 없는 고수들의 전투가 시작된 것이다.

스스스스.

사멸집행대의 한 대주를 필두로 한 투전궁의 고수들은 명청천의 지시대로 항주 도심으로 진입했다.

이미 약속이라도 한 듯 사멸집행대를 아홉 개의 조(助)로 쪼갠 한 대주는 한 조마다 용마구로를 나눠 배속시켰다.

조마다 백여 명이 넘었으며, 각 조의 전력은 순식간에 일개 중소 문파는 하룻밤 사이에 흔적도 없이 궤멸시킬 수 있는 수준이었다.

한 대주는 흩어지기 전 마지막 하명을 내렸다.

"한 놈도 남김없이 포박하고, 저항하는 놈은 가차 없이 죽여라. 알겠느냐."

"명을 따릅니다."

항주 내에 작은 혈마대란이 일어난 것이다.

호밀상단의 장원으로 일백 명 가까이 되는 그림자들이 순식간에 담장을 넘어 안으로 착지했다.

하지만 담장을 넘어 장원 안쪽으로 진입한 찰나.

선두에 선 한 대주의 눈에 이채가 흘렀다.

'흔한 시종이나 순찰을 도는 호병조차 보이지 않는다?'

한 대주는 묘한 위화감에 움직임을 멈췄다.

한 대주가 주먹을 쥐어 멈추라는 지시를 내리자 그의 뒤를 따르던 투전궁의 무사들이 일제히 제자리에 멈춰 섰다.

그때였다.

쐐액!

그들과 지근거리에 있는 전각 안쪽에서 비수 한 자루가 문을 뚫고 한 대주를 향해 날아왔다.

이미 긴장하고 있던 차였기에 한 대주의 반응은 재빨랐다.

펑! 채챙!

도기(刀氣)가 솟구친 도가 비수와 북 찢어지는 소리를 내며 충돌했다.

타타타탁!

하지만 한 대주는 비수를 쳐 내고도 비수가 가진 강력함에
떠밀려 빠르게 잔발을 치며 물러나야 했다.

'강하구나.'

도마(道魔)에 이른 지 오랜만에 이만한 수준의 고수와 격돌
한 한 대주는 눈을 날카롭게 빛내며 말했다.

"네놈은……."

대답 대신 문을 벌컥 열고 나온 백훈은 장원 마당 앞에 포
진해 있는 투전궁의 무사들을 응시했다.

"소개 안 해도 나 알지?"

한 대주는 이미 여러 정보를 통해 악가뇌혼대 구성원에 대
한 정보 정도는 입수해 놓은 상태였다.

'상단 감시자들을 통해서도 놈들은 별다른 움직임을 보이지
않고 있다고 했건만…… 어째서 놈이 여기에 있는 것이지?'

백훈이 한 대주의 속을 꿰뚫어 보듯 피식 웃었다.

"왜 내가 여기 있는지 궁금한 것 같은데. 너희가 심어 놓
은 감시자들의 눈을 피해 움직일 수 있는 수준은 돼, 내가.
애초에 우리가 아무 대비도 하지 않으리라고 예상했을 테지
만 그건 너희 오만이었고."

"그래, 네놈의 실력은 방금 전 한 수로 인정한다. 하나 그
래 봤자, 한 손으로 열 손을 막을 수는 없을 것이다. 네놈이

우리를 이곳에서 막더라도……."

"어지간히 많이 왔나 보지? 그런데 어쩌나? 우리도 숫자가 많은데 말이야."

예상치 못한 그의 말에 한 대주의 눈빛이 살짝 흔들렸다.

"동요하지 마라. 놈의 허장성세일 뿐이다."

"그럴까?"

검을 손 안에서 빙빙 돌리기 시작한 백훈의 말이 끝나기 무섭게, 하늘로 붉은 신호탄이 터져 올랐다.

펑! 펑!

"저거, 너희 신호탄은 아니지?"

백훈이 씨익 웃었다.

❧

"이노옴들!"

악로삼당의 맏형, 일당주 알하는 단숨에 도를 휘둘러 혈교의 무사들을 베고 지나갔다.

콰악! 콰악!

적들은 결코 약하지 않았다.

어떻게 된 건지 팔 다리가 잘려도 다시 병장기를 들고 덤벼들 만큼 악독하고, 강한 내공과 활력을 지녔다.

하지만 그 역시 강해졌다.

그간 역참 설립과 관도 정비, 말 사육 등 가문의 기반을 보이지 않는 곳에서 챙겨 오면서도 수련을 게을리 하지 않았던 것이다.

그동안 가문의 지원은 감격할 지경이었다.

청열단을 비롯해 내공 증진을 위한 각종 영약 등을 꾸준히 보내 줬고, 가주인 악정호는 종종 그들과 조우할 때마다 심득을 전수해 줬다.

그 덕에 천랑계(天狼系) 맥을 이어 온 알하는 이제 화명진랑도(火冥眞狼刀)를 완벽히 구사하게 되며, 최절정을 바라보고 있었다.

이전과 다른 표홀한 움직임에서 그 노력이 나타났다.

화아아악!

늑대의 발걸음처럼 가볍고, 표홀한 보법이 그의 몸에 탄력을 선사한 찰나.

알하의 도는 먹잇감을 단숨에 물어뜯는 늑대의 이빨처럼 삽시간에 적을 난도질하며 베어 나갔다.

활활 타오르는 불길처럼 도에 담긴 거력과 활력은 적들을 능가한 것도 모자라 완벽히 압도했다.

"또 어느 놈이 덤벼들겠느냐!"

선봉에 선 알하의 활약에 그를 따르는 악로삼당의 가솔들의 사기가 한층 더 드높아졌다.

"일당주님을 따르라!"

"항주의 형제들을 억압하는 자들이다. 한 놈도 남김없이 죽여라!"

알하를 따라 좌우로 드넓게 퍼지며 달려가는 악로삼당의 위세는 그들이 매복해 있던 장원의 땅을 쿵쿵 울릴 지경이었다.

그동안 후방에서 알하를 보좌하던 호사량의 눈빛 역시 그 어느 때보다 날카롭게 빛났다.

'됐어.'

최근 악로삼당은 제녕의 일 때문에 남궁세가와 협력하여, 안휘성 부근에 역참과 관도를 함께 세우는 공조 사업을 진행하는 중이었다.

기동력 높고, 가까운 거리에 있는 악로삼당이야말로 이번 지원에 적합했던 것이다.

'소가주에게 놈들의 중요 고수들이 묶여 있는 지금이라면 고수의 전력 면에서는 우리가 앞선다. 저지선을 중심으로 놈들의 길목을 효과적으로 차단하면 제아무리 많은 숫자라 할지라도 놈들의 전진을 확실하게 막을 수 있음이야.'

더구나 그들과 싸우는 건 악로삼당뿐이 아니다.

와아아!

시간 차를 두어 진입하기로 되어 있었던 호밀상단의 호병들이 이제 막 장원에 도착했다.

"우리의 터전을 빼앗으려는 자들이다! 악가를 도와 상단을 지켜야 하느니라!"

"단장님의 하명을 따르라!"

"상단을 지키자!"

호밀상단의 단장 이용의 부르짖음에 고무된 호병들이 일제히 알하를 도와 전투에 합류했다.

이용뿐이 아니었다.

현재 저지선으로 사용되는 모든 상단 장원의 지점을 중심으로 악가와 손을 잡은 상단의 호병들이 속속들이 합류하는 중이었다.

덕분에 한결 여유가 생긴 호사량은 곁으로 다가온 이용과 짧게 인사를 나눴다.

"부각주, 괜찮으시오?"

"저는 괜찮습니다."

"부각주의 말대로요. 놈들이 이렇게 급작스럽게 쳐들어올 줄이야! 아무 대비도 하지 않았다면 무기력하게 그들의 뜻에 따라야 했을 것이오! 모두 악가 덕분이오!"

"과찬이십니다. 그리고 아직은 감사 인사를 받을 때가 아닙니다."

"맞는 말씀이오."

이어서 호사량은 굳은 표정으로 치열하게 싸우는 전장 속으로 다시 발걸음을 재촉했다.

삼당주의 합류로 이곳은 확실한 승기를 잡기 시작했지

만…… 소가주가 있는 곳은 아니었다.

'소가주, 이곳의 싸움을 어서 끝내고 서둘러 그리로 가리다.'

악운의 실력을 그 누구보다 신뢰하고 있었지만, 마음 한편에 걱정을 놓을 수 없는 건 어쩔 수 없는 일이었다.

하지만.

호사량은 다시 고개를 내저었다.

악운이 떠나기 전 했던 말이 기억난 것이다.

─저는 물에서 더 잘 싸웁니다.

❧

악운을 쫓아 유영하던 명청천은 수심이 깊어졌음을 인지했다.

각마에 이른 그조차 깊은 물속에서의 싸움은 몸을 굼뜨게 했던 것이다.

그러나 명청천은 악조건을 무시했다.

'물의 중압감은 내게만 통용되는 것이 아닐 터.'

그가 확신을 가진 건 어느 순간 앞서가던 악운의 유영 속도를 따라잡았기 때문이었다.

'네놈이 흑마궁을 궤멸시킨 것은 인정하마. 하나 노부의

도는 오랜 세월 끊임없이 담금질되어 왔느니라.'

만정천룡도법(滿靖穿龍刀法) 일천성소(一穿猩燒).

순식간에 악운을 앞지른 명청천이 도를 내질렀다.

도격이 도를 짓누른 수압과 동시에 악운을 갈랐다.

콰지지짓!

악운이 황급히 방향을 전환해 주작을 선회하여 대응했다.

도격에 의해 퍼진 물살이 악운의 수천 개의 물방울이 되어 악운의 시야를 통째로 가렸다.

화아아악!

그 순간.

명청천의 도가 믿기 힘든 속도로 물살 사이에 섞여 들듯 쇄도했다.

만정천룡도법(滿靖穿龍刀法)

천공단심(穿空斷心).

아래에서 위로 솟아오르는 일도양단.

하지만 그 한 번의 일격에 담긴 위력은 수천의 초식을 한데 합쳐 놓은 것 같았다.

쏴아아아!

초식이 하나의 유기체처럼 움직였다.

한 개의 초식이 수십, 수백, 수천의 갈래로 뻗어 나가며 쉼 없이 연계되어 가는 것이다.

콰콰콰콰콰!

마기로 빚은 도강(刀剛)이 수압마저 지배하며 악운의 공간을 짓눌렀다.

승기를 잡은 듯 보였으나 명청천은 고삐를 늦추지 않고 계속해서 악운을 압박해 갔다.

'네놈 같이 애송이 따위에게 무덤 자리를 내줄 만큼 노부의 도는 녹슬지 않았느니라.'

자신에게 패배를 안겨 줬던 천휘성이 죽은 이후로도 명청천은 천휘성에게 패배했던 그날의 치욕을 항시 떠올리며 수련해 왔다.

그 오랜 세월의 노력이 물거품일 리 없었다.

그런데.

'어째서······.'

명청천은 조금의 방심도 없이 쏟아 내고 있는 도격을 모두 받아 내는 악운의 모습에 더욱 투기가 피어올랐다.

놈은 도격을 받아 낼수록 느려지기는커녕 훨씬 매끄럽고 빨라져 가고 있었다.

'내 도에 익숙해져 가고 있단 말인가? 설마, 내게 따라잡힌 것도 혹시?'

명청천은 지금의 현실을 부정하며 이를 갈았다.

'오냐. 얼마나 더 받아 낼 수 있나 보자꾸나!'

이미 호승심이 끓어오를 만큼 끓어오른 명청천은 남겨 뒀던 한 수, 광마투기(狂魔鬪氣)를 사용했다.

콰지지짓!

명청천의 동공에 검은빛 불길이 넘실거린 찰나.

검은색 기류가 전신을 감싸는 것도 모자라 그가 닿는 모든 물 주변으로 확장되었다.

동시에 쥐고 있던 도가 그의 손을 떠났다.

쏘아져 나간 검은 기류를 따라 빠른 속도로 솟구친 것이다.

쏴아아악!

검은색 기류가 곧 명청천의 의지였고 도는 그 의지에 실려 방금 전의 수십 배 위력의 강기를 보탰다.

-왜…… 어째서 닿지 않는 것이냐.

-보고 있는 것이 다르니까.

명청천은 천휘성이란 거대한 적이 남겼던 말을 평생 곱씹었고, 그 말은 그에게 새로운 경지를 열게 했다.

수없이 깊은 관조 끝에 얻은…….

'마기의 확장.'

검은색 불꽃이 일렁인 명청천의 눈은 이미 악운의 전신이 동강 나리라 확신했다.

'끝이니라.'

그때였다.

주작이 명청천의 도를 교차하듯 가로막았다.

쿠쿠쿠쿠!

충돌로 인해 터져 나온 기파로 인해 호수 아래 가라앉아 있던 흙이 뿌옇게 피어올랐다.

그 와중에 악운은 흔들림 없이 고요한 눈으로 짓누른 도를 내려다봤다.

'이기어도라……. 발전했군, 명청천.'

명청천이 펼친 건 분명 이기어도가 확실했다.

무공의 이해를 비롯해 마기와 병기의 합일이 일어난 건 확실하다.

하지만 반쪽짜리다.

명청천의 이기어도는 진짜 중요한 것을 넘지 못했다.

'이기어병은 유형화되어 내보이는 것이 아니라, 그저 내가 가진 의지를 병기를 통해 흐르게 하는 것이다. 굳이 유형화 시킬 필요조차 없어.'

악운의 눈에 도가 날아왔던 방향 그대로 번져 있는 검은 기류가 보였다.

저건 명청천이 일으킨 의지의 유형화처럼 보이지만 사실은 그저 집착과 번민만이 담긴 기류일 뿐이다.

명청천은 눈으로 보려고 애쓴 것이다.

'강해지고 있음을 증명하듯.'

이 순간.

악운은 무엇을 해야할지 명확히 알았다.

'주작의 광통(廣通).'

번쩍!

도를 내리 누른 악운의 주작이 갑자기 청염의 빛을 일으켰다.

어둡던 물속이 삽시간에 환해지며, 악운의 주작이 단숨에 명청천의 도와 연결된 광마투기를 베어 냈다.

사아아악! 콰아앙!

광마투기와 연결된 도가 크게 흔들린 찰나.

"쿠흡."

명청천의 입에서 검은 피가 흘러내렸다.

마기로 이어진 도(刀)가 입은 충격이 고스란히 전해진 것이다.

버거울 만큼 강력한 힘이었다.

'정녕 네놈이 내가 맞닿은 경지에 이미 도달했다는 것이냐.'

믿기 힘들었지만 악운이 보인 신위는 실재였다.

명청천의 눈에 투기와 광기가 뒤섞였다.

광마투기는 역천의 마기를 끌어내 닿는 모든 것에 의지를 투영시키는 반면 극명한 단점이 있었다.

마기를 완벽히 제압하지 못한다면 도리어 마기에 정신이 파괴되어 광인(狂人)이 되는 것이다.

으드드득!

피가 나도록 이를 간 명청천이 광마투기를 더욱 거세게 끌어 올렸다.

물살이 광마투기에 휩쓸려 소용돌이치며 한 번 더 거대한 확장을 일으켰다.

밀려드는 마기의 물살이 도(刀)를 중심으로 악운에게 쏟아졌다.

만정천룡도법(滿靖穿龍刀法) 수라만공도(修羅滿空刀).

'모든 곳에 노부의 도가 닿으니 네놈의 의지 따위, 물속에서 스러지리라.'

그 찰나.

두 사람 사이에서는 그 어떤 잡술도, 임기응변도 없었다.

오로지 순수한 투기와 의지만이 수심을 가득 메웠다.

악운은 해일처럼 밀려드는 도격을 차분히 응시했다.

방금 전과는 비교도 될 수 없이 강한 일격이었다.

하나.

'무엇이 비었는지 모른다면 바뀌는 것은 없어.'

그 어느 때보다 강렬하게 빛나는 악운의 주작이 광마투기로 뒤덮인 물살을 향해 쏘아졌다.

쇄아아아!

마치 거대한 해일을 연상케 하는 명청천의 일격과 달리 악운의 이기어창은 고요하게 명청천의 도격을 갈라 나갔다.

갑자기 솟아오른 거대한 물기둥에 의해 여러 척의 배가 한 껏 치솟았다가 낙하하며 부서졌다.

콰앙! 풍덩! 풍덩!

난파된 배들을 보며 당청의 눈이 날카롭게 빛났다.

"더는 시간을 끌 수 없겠소."

호수에 빠진 가솔들을 보며 당청은 결국 상서로운 뽕나무 로 제작된 목갑을 꺼내 들었다.

그 역시 이 일로 인해 생길 여파로 인해 주저하던 중이었 지만, 안의 상황이 어떻게 될지 모르는 변수에 모험을 할 수 는 없다고 판단한 것이다.

당청은 손에 꽉 쥐고 있던 목갑을 이내 허공으로 내던졌 다.

쏴아악!

회전하며 날아오른 목갑이 호선을 그리며 물속으로 떨어 지려던 찰나.

당청의 소매에서 손잡이 없는 비수가 튀어 나갔다.

쐐애액!

내공 실린 비수는 단숨에 목갑 사이를 파고들며 목갑 안에 있던 명왕지독을 기어코 물속으로 떨어트렸다.

콰악!

마침내 목갑 안에 숨어 있던 고대의 파괴적인 독이 서호 수심 아래를 통해 퍼져 갔다.

당청이 서둘러 당가의 가솔들에게 소리쳤다.

"뭣들 하느냐! 최대한 빨리 이곳에서 벗어나라!"

"소가주의 하명대로 최대한 여길 벗어난다!"

보국한은 어쩔 수 없이 당청의 뜻을 따랐다.

머지않아 항주는 아무도 살지 못하는 황폐한 죽음의 도시가 되어 버릴 것이 뻔했다.

❧

피어오른 먼지가 마치 새하얀 눈발처럼 물속에서 이리저리 흩날렸다.

악운과 명청천은 그 한가운데.

서로를 응시한 채 고요히 마주하고 있었다.

그러다 정적을 깬 건 명청천이었다.

"쿠륵……."

명청천은 엄청난 양의 피를 토해 내면서도 잿빛 눈동자를 굴려 가슴에 꽂힌 뇌공을 내려다봤다.

이미 끝난 승패.

하지만.

콰악!

명청천은 다시 싸우려는지 단단히 꽂힌 뇌공을 뽑으려고 애썼다.

많은 말은 필요 없었다.

악운이 아는 명청천은 목이 잘리기 전까지 끊임없이 싸우고자 할 위인이었다.

악운은 천휘성의 기억을 통해, 지난 날 울부짖던 그의 모습이 지금의 모습 위로 투영되었다.

 −어째서…… 닿지 않는 것이냐!

명청천은 그때의 모습과 다르지 않았다.

이번에도 명청천은 광기와 투기에 사로잡힌 채 광인으로 넘어가기 직전의 눈빛을 보이고 있었다.

'혈마를 뒤쫓던 천휘성과 다를 바가 없어.'

지켜보던 악운은 씁쓸함을 느끼며 전음을 보냈다.

−같은 곳을 보아도, 그 길이 다른 것을 어찌 몰랐던가. 너는 모든 번민과 집착으로 빚어낸 길이 아닌, 네게 맞는 길을 찾았어야 했다.

순간 발버둥 치던 명청천이 갑자기 움직임을 멈추고 고요히 악운을 응시했다.

동시에 광마투기로 검게 물들었던 눈동자가 본래의 색을 되찾으며 명청천이 회광반조를 띠었다.

-너는…… 천휘성……인가?

-아니, 더 자유로운 존재지.

천휘성의 과오를 넘어섰기에 악운은 조금의 주저함도 없이 대답할 수 있었다.

예상 못 한 대답이었을까?

명청천의 눈빛이 세차게 흔들렸다.

-정녕 네놈은…… 교주님께 더 큰 위협이 되겠구나. 네놈을…… 노부가…… 넘어섰어야 했거늘…… 하늘이 원망스럽……

악운은 눈을 부릅뜬 채 천천히 굳어져 가는 명청천을 보며, 그의 몸에 박힌 뇌공을 천천히 뽑아 냈다.

또 한 번 오대마궁 중 한 명의 궁주가 악운의 손에 죽음을 맞이한 것이다.

이제 혈교와의 전쟁은 피할 수 없게 되리라.

스륵.

악운은 앞을 스쳐가는 명청천의 보도(寶刀)를 챙기고, 다시 수면 위로 유영했다.

그의 보도 정도라면 가문에게도 도움이 될 게 분명했다.

그 순간.

일계 안에 깃들어 있던 묵룡이 마치 악운을 지키듯 정수리에서 솟아올라 악운의 주변을 유영했다.

'이건……'

묵룡의 의지는 곧 악운의 의지.

어느새 유영을 멈춰선 악운은 수면 위를 먹구름처럼 메우고 있는 강력한 독기(毒氣)를 느꼈다.

단순한 독이 아니었다.

단순한 독이었다면 묵룡에 이리 강한 자극이 올 리 없었다.

<u>츠츠츠츠</u>.

그사이에도 수면 위를 메운 독은 일렁이는 물살에 뒤섞여 엄청난 속도로 범위를 넓혀 가고 있었다.

악운은 반사적으로 서호와 연결된 수많은 우물과 수로를 떠올렸다.

동시에 악운의 시선이 비어 있는 수면으로 향했다.

'사천당가……! 항주가 어찌 되든 상관없다는 것이냐!'

서호에 강력한 독을 풀어 명청천과 자신을 그대로 수장시키려고 마음먹은 게 분명했다.

간악하면서도 영리했다.

악운은 자연히 당양희와의 기억이 떠올랐다.

─우리 가문은 그 '독'을 맹주님께 절대 전하지 않을 거예요.

─내게 말해 준 명왕지독 말이오?

─그래요. 그 독은 본 가의 시작이자 전부예요.

―상관없소. 그것이 없어도 혈교의 교주를 이길 수 있으니까.

―만약 그 독이 교주가 아닌 맹주님을 노린다면요?

―그게 무슨 말씀이시오?

―본 가는 정도 마도 아니에요. 그저 이익에 따라 움직일 뿐이죠. 오대세가에 속해 있던 것은 그저 구색을 맞추고 생존을 위해 택해 세대를 이어 내려온 것일 뿐.

―설사 그렇다 해도 나는 당가를 신뢰해야 하오. 그것이 내가 할 수 있는 전부니까.

―조심하세요. 아무도 이르지 못한 만독화인에 이른다 하더라도 생존을 장담할 수 없는 것이 명왕지독이니까요.

악운은 점점 온몸을 파고들기 시작한 독기를 느끼며 일계의 모든 기운을 개방시켰다.

'만약, 이것이 그 독이라면…….'

명왕지독을 맞이할 준비는 끝났다.

❧

차르륵.

백훈은 깊게 호흡을 들이마시며 좌수의 사슬 달린 유엽비도와 우수의 검을 고쳐 쥐었다.

'지독한 것들.'

얼마 전 마주했던 수적 놈들과는 비교도 안 될 만큼 지독한 자들이었다.

죽음을 각오한다는 건 쉽지 않다.

죽음을 각오했어도 주저함과 고통 정도는 표현한다.

하지만 놈들은 달랐다.

집요하고 광기에 차 있었으며 죽음을 각오했다.

그러지 않고서야……

'폭혈공(爆血功)까지 사용하지는 않았겠지.'

백훈은 혈교 무사들이 만든 흔적을 힐끗 쳐다봤다.

놈들은 사정권 안에 있는 제 동료들이 죽든지 말든지 아랑곳 않고 폭혈공을 시전했다.

'까딱하면 위험할 뻔했어.'

일전에 대총문의 문주 구용이 자의가 아닌 타의로 폭혈공을 사용했다는 소리를 악운으로부터 들어 왔기에 호신강기를 펼칠 준비는 늘 하고 있었다.

가솔들이 걱정되긴 했지만, 호사량의 안배가 있었기에 한 시름은 놓았다. 웬만한 가솔들은 폭혈공에 대비해 급소를 피하게 해 줄 방패를 항시 챙겨 다니게 한 것이다.

이제 남은 건 완벽히 쐐기를 박는 것뿐이었다.

백훈은 마저 눈을 돌려 지쳐 있는 한 대주를 쳐다봤다.

"네놈들의 합공도, 폭혈공도 모두 막아 냈어. 이제 다음은 뭐지? 이 혈교 잡놈들아."

한 대주는 말없이 도를 고쳐 쥐며 호흡을 골랐다.

'악가 놈들은…… 애초부터 이곳을 전장으로 삼기 위해 찾아왔던 것이었군.'

이어지는 침묵 속에 놓쳤던 것들이 생각났다.

그러다 의문이 생겼다.

항주를 교의 지부로 삼은 줄 놈들이 어떻게 안 것인지.

그 의문은 자연히 육성으로 흘러 나왔다.

"어찌…… 안 것이냐."

질문만으로 그가 무엇을 묻는 건지 백훈은 충분히 짐작하고도 남았다.

"지금 와서 그게 뭐가 중요하지? 네놈들은 우리의 의도대로 병력을 분산시켜 줬고, 우린 분산되어 있는 네놈들 병력을 각개격파하는 데에 성공했어. 무엇이 됐든 너희들의 실패야. 네 곁을 보라고. 이제 너 말고 아무도 없어."

한 대주는 무표정한 눈빛으로 대답했다.

"우리의 실패는 교의 실패가 아니다."

"글쎄. 소가주가 언젠가 내게 그러더군. 도려내야 할 썩은 것들이 처음에는 작게 보여도, 그게 쌓이다 보면 막을 수 없이 커다란 구멍이 된다고. 너희의 실패도 곧 그렇게 될 거야. 벌써 실패를 두 번이나 했으니까."

한 대주는 조용히 입을 다물며 침잠된 눈동자를 들었다.

이미 도를 휘두를 수 없을 만큼 그의 온몸은 백훈에 의해 크게 베거나 꿰뚫려 있었기에 남은 건 둘 중 하나였다.

폭혈공 혹은 조용한 자결.

'네놈이라도 지옥으로 안고 가 주마.'

한 대주가 다시 걸음을 내디디려던 찰나.

서걱! 투툭!

한 대주의 목이 허무하게 바닥을 굴렀다.

"쓸데없이 시간 끌지 마라."

어느새 뒤쪽으로 다가온 호사량이 한 대주의 목을 그어 버린 것이다.

일세를 풍미한 사멸집행대의 대주치고는 허무한 죽음이었다.

"시간을 끌긴 뭘 끌어? 네 눈에는 내 치열한 싸움의 흔적이 안 보이냐?"

"그러시겠지. 쯧쯧!"

"혀 차지 말지?"

"됐고, 어서 소가주에게 가 봐. 이곳은 대략 정리되어 가고 있어. 네가 자리를 비운다고 해서 승패가 기울어질 일은 없다."

호사량의 얘기에 백훈의 표정이 다시 굳어졌다.

"소가주는 괜찮겠지?"

"물어볼 걸 물어. 소가주가 없었으면 이 계획은 시작도 못했다. 생각해 봐. 소가주에게로 향한 놈들의 전력은 승패가 갈리는 이 시점에도 아직 이곳으로 지원을 보내지 못했지 않으냐. 더구나 놈들의 수장인 국주도 보이지 않았어. 그게 뭘 뜻하겠느냐."

"소가주에게 놈들의 발목이 아직 묶여 있단 소리겠지."

"그래, 맞다. 그러니 남은 건 내게 맡기고 어서 가 봐. 물론 혼자 가지 말고, 함께."

호사량의 말이 끝나기 무섭게 서태량과 금벽산 그리고 호길이 일제히 백훈의 곁으로 집결했다.

백훈을 포함해 다들 지친 기색이었지만 눈빛만큼은 패기로 가득했다.

일행을 돌아본 백훈이 씩 웃었다.

"가자."

호사량은 악운에게 합류하려 서둘러 장원 바깥으로 향하는 악가뇌혼대의 뒷모습을 바라보았다.

"……부탁한다. 무사히 모셔 와."

나직이 읊조리는 호사량의 음성이 바람결에 실려 흩어졌다.

❧

호수에 사는 수많은 어종들이 하나둘 물 위에서 배를 뒤집으며 떠다녔다.

잠깐 동안 퍼진 명왕지독의 여파였다.

하지만 죽은 어류가 떠다니는 범위는 그리 넓지 않았다.

대신.

츠츠츠츠츠.

수심 깊숙이 가라앉아 있는 악운의 피부가 온몸에 숯을 칠한 듯 새카맣게 물들어 있었다.

명왕지독이 서호의 물을 타고 도심으로 퍼질 수 없게 악운이 팽화를 통해 모든 독을 몸속으로 끌어 온 것이다.

'뜨거워.'

들끓는 용암 안에 뛰어든 것처럼 모든 감각 하나하나가 모조리 타들어 가는 고통에 잠겼다.

고통은 적당한 선에서 끝나지 않았다.

버틸 만하면 더 큰 고통이 찾아와 신경을 자극했다.

'그녀의 말이 옳았어. 명왕지독은 쉽사리 받아들이기 힘든 독이야.'

수많은 경험과 공부 그리고 시련들을 거쳐 기어코 만독화인에 이른 자신이다.

그런 자신조차 당가가 명운을 걸고 지켜 온 고대의 독, 명왕지독 앞에서는 끊임없이 약해졌다.

'흡수가 가능한 독이기는 할까?'

끊임없이 고통의 악순환 속에서 쓸데없는 의문과 잡념이

머릿속을 지배했다.

하지만.

흔들릴 때마다 굳건히 자리 잡은 일계의 기운들이 명왕지독의 이동로를 틀어막으며 봉쇄했고, 그간 강해져 온 혼세양천공의 기운이 심중(心中)을 단단히 지켰다.

그 중심에 도반천록공을 기반으로 한 묵룡이 아귀처럼 모든 걸 집어삼키려는 명왕지독에 맞서 싸웠다.

콰지짓! 쾅! 쾅!

악운은 그 속에서 그간의 무수한 노력들과 경험이…… 그리고 혼신을 다해 싸웠던 적들이 스쳐 지나갔다.

하나 같이 어려운 일이었다.

전생의 무신이어서 쉬운 일은 없었다.

그것은 그저 한계를 넘기 위한 '계기'만이 되었을 뿐 그 계기를 손아귀에 움켜쥐고 시련을 건너온 건 악운의 삶, 그 자체였다.

'생각해 내야 해.'

견디는 것으로는 끝이 나지 않는다.

악운은 고통을 이겨 내며 정체되어 있던 생각을 다시 전환했다.

'체외로 독기를 내보내기는 힘들어.'

묵룡을 포함한 일계의 기운은 지금 독기를 막아 내고 팽팽한 태세를 유지하는 것이 최선이었다.

악운의 엄청난 내공으로도 밀어낼 수 없었던 독이었던 것이다.

'그럼, 어떻게?'

악운의 머릿속에 수많은 삶의 기억들과 깨달음이 스쳐 지나갔다.

그 중에서도 당양희와 나눴던 수많은 담소가 하나도 빠짐없이 되새겨졌다.

그 순간.

그녀가 남겼던 대화의 일부가 악운을 집중케 했다.

─우리 가문은 그 '독'을 맹주님께 절대 전하지 않을 거예요.

─내게 말해 준 명왕지독 말이오?

─그래요. 그 독은 본 가의 시작이자 전부예요.

'당가의 시작이자 전부.'

모든 무공은 하나의 뿌리에 따라 움직인다.

일계 역시 무공의 근원이 만물에 있기에 시작된 큰 깨달음이었다.

'나무가 아닌 숲을 보라.'

생각이 깊어질수록 악운은 점점 만독화인의 상징인 묵룡과 명왕지독의 상관관계에 집중하게 됐다.

'묵룡의 근원이 명왕지독이라면 묵룡의 근간이 되었던 도반천록공으로 명왕지독을 받아들일 수 있지 않을까? 묵룡은 나의 의지, 내가 명왕지독을 대적하지 않으면 묵룡은 명왕지독과 하나가 될 수 있다……. 그 후에 내부에서 명왕지독을 깨 나가면 돼.'

물론 묵룡이 명왕지독에 스며들 수 있을지, 스며든다 하더라도 묵룡이 계속 악운의 의지에 따라 명왕지독을 부수고 다시 일어날 수 있을지…….

그 어느 것도 확신할 수 있는 건 없었다.

그러나 악운은 심의에서 비롯된 혼세양천공의 공능과 혼세양천공을 바탕으로 온몸에 자리 잡은 일계의 힘을 믿기로 했다.

때마침 힘의 우열에서 묵룡이 조금씩 밀려났다.

츠츠츳!

'지금이야.'

악운은 단숨에 묵룡에게서 적의를 지워 내며 힘의 균형을 깨 버렸다.

그 순간.

거대한 암운(暗雲) 같던 명왕지독이 묵룡을 끌어당기며 집어삼켰다.

'예상대로야!'

묵룡의 파괴가 아닌 묵룡을 흡수하며 통째로 합일한 것이다.

구구구구구구!

묵룡을 삼킨 명왕지독은 파죽지세였다.

아까보다 더 확장되고 파괴적인 독기가 혼세양천공과 부딪쳐 갔다.

콰지지짓!

방금 전의 강렬한 고통보다 더 강한 고통이 악운의 영혼을 부쉈다.

으드드득.

이가 갈리다 못해 딱딱 부딪칠 만큼 강렬한 오한과 뜨거움이 번갈아 가며 악운의 감각을 교란시켰고, 주화입마를 인도하려는 듯 포기하면 편해질지도 모른다는 잡념이 악운의 마음을 뒤흔들었다.

그러나 악운은 치열하게 견뎠다.

시련은 그저 오는 것이 아니다.

도전이란 기회를 쥐려고 노력해야만 따라오는 것이 시련이며, 시련을 넘어서야 비로소 도전의 결실을 맺을 수 있다.

고통은 면역이란 게 없지만 의지는 다르다.

전생에도, 현생에도 끊임없이 도전하고 시련을 이겨 내며 살아온 의지에는 누구도 흉내 낼 수 없는 것이 있다.

'기개(氣槪).'

그것만 작은 불씨처럼 남아 있다면 언제든 일어날 수 있다.

성장할 수 있다.

그리고 다시…….

'넘어선다.'

그 순간, 일계를 뒤덮었던 거대한 암운에 균열이 났다.

희미한 균열은 점점 더 거미줄처럼 퍼져 나갔고 그 거미줄은 암운의 중심지로 전진했다.

그 중심에는 사라진 줄 알았던 묵룡이 암운을 뚫고 다시 승천하듯 솟아오르고 있었다.

묵룡과 명왕지독은 같은 뿌리.

묵룡을 일부러 명왕지독의 내부에 스며들게 한 후 내부부터 파괴하고자 했던 악운의 의도가 제대로 먹혀든 것이다.

'내 의지가 살아 있는 한 묵룡은 언제든 놈을 삼킬 수 있다고 믿었으니까.'

쿠아아아앙!

전보다 더 거대해진 묵룡은 치열하게 견뎌 냈던 악운의 고통을 만회하듯 엄청난 속도로 명왕지독을 집어삼켰다.

콰득! 콰득! 콰짓!

그러자 순식간에 판세가 갈렸다.

묵룡은 흡수하는 명왕지독의 힘을 바탕으로 끊임없이 기존 비늘 속에서 새로운 묵룡으로 변태했고, 일계의 기운들이 묵룡의 진화를 보조하며 명왕지독에 담긴 해로운 기운을 체외로 내보내는 데 일조했다.

ㅊㅊㅊㅊ.

안의 변화는 이어서 악운의 체외에도 영향을 줬다.

검게 물들었던 피부들이 마치 조각처럼 떨어져 나가고, 빈자리에 청염의 불길이 솟아오르면서 새로운 피부가 돋아났다.

그리고 그 피부를 따라 묵룡이 빠르게 유영하며 등에 똬리를 틀고 자리를 잡아 갔다.

비로소 명왕지독을 발판으로 한층 진화한 만독화인의 경지에 이른 것이다.

서서히 평온해져 가는 정적 속에서 악운은 과거 당양희와 나눴던 담소의 끝자락이 생각났다.

  -만약 만독화인의 비술에 이른 이가 명왕지독까지 지배하게 되는 경우를 상상해 본 적 있소?

  -글쎄요. 일어나지 않은 일이라 가늠조차 할 수 없지만……. 그런 이가 나타난다면 본 가는 두려움과 존귀하게 생각하는 마음을 담아 이렇게 부르게 될 거예요.

  명왕(明王)이라고.

다음 권으로 이어집니다

꿈의 도약, 로크에서 하십시오
(주)로크미디어에서 신인 작가를 모십니다

즐거운 세상, 로크미디어는 꿈을 사랑하고 도전을 두려워하지 않는 작가 분들의 참신한 작품을 기다리고 있습니다. 21세기 장르 문학계를 이끌어 갈 차세대 선두 주자 (주)로크미디어에서 여러분의 나래를 활짝 펴 보시길 바랍니다.

모집 분야 판타지와 무협을 포함한 장르 문학
모집 대상 아마추어 작가, 인터넷 작가
모집 기한 수시 모집
작품 접수 시 유의 사항
　　1. 파일명은 작가명_작품명.hwp형식을 갖춰 주십시오.
　　1. 파일에 들어갈 내용은 다음과 같습니다.
　　　　－ 성명(필명인 경우 실명을 밝혀 주세요), 연락처, 이메일 주소
　　　　－ 제목, 기획 의도
　　　　－ A4용지 1장 분량의 등장인물 소개
　　　　－ A4용지 2장 분량의 전체 줄거리
　　　　－ 본문
　　1. 작품이 인터넷에 연재되고 있다면, 게시판명과 사이트의 구체적이고 정확한 주소를 기재해 주십시오.

선택된 작품은 정식 계약 후 출판물로 간행되어 전국 서점에 유통됩니다.
작가 분은 (주)로크미디어의 전폭적인 지원하에 전속 작가로 활동하시게 됩니다.
※ 자세한 내용은 로크미디어 홈페이지(rokmedia.com)를 참조하세요.

(04167)서울시 마포구 마포대로 45 일진빌딩 6층
(주)로크미디어 편집부 신간 기획 담당자 앞
전화 : 02) 3273 - 5135
www.rokmedia.com　　이메일 : rokmedia@empas.com